西蓝花
爱情招待所

柒先生
—著—

人民邮电出版社

北　京

图书在版编目（CIP）数据

西蓝花爱情招待所 / 柒先生著. -- 北京 ： 人民邮电出版社，2025. -- ISBN 978-7-115-67933-8

Ⅰ．Ⅰ247.5

中国国家版本馆 CIP 数据核字第 202533PA61 号

◆ 著　　　柒先生
　责任编辑　朱　敬　刘　辰
　责任印制　周昇亮
◆ 人民邮电出版社出版发行　　北京市丰台区成寿寺路 11 号
　邮编　100164　电子邮件　315@ptpress.com.cn
　网址　https://www.ptpress.com.cn
　天津千鹤文化传播有限公司印刷
◆ 开本：787×1092　1/32
　印张：7.5　　　　　　　　　2025 年 9 月第 1 版
　字数：143 千字　　　　　　 2025 年 9 月天津第 1 次印刷

定价：49.80 元

读者服务热线：**(010)81055296**　印装质量热线：**(010)81055316**
反盗版热线：**(010)81055315**

爱能治愈的，是愿意自愈的人。

你跟一个人，经历开心、经历磨难、经历抉择，有福同享、有难同当，完成爱的闭环，那时你才懂得爱一个人的全部含义。

时间不会给你答案，爱不会教你如何喜欢一个人。

但是，时间和爱让你坚定了最初的选择。

喜欢是美好的东西，它只会滋养人，不会消耗人。

你跟一个人在一起时，你的感觉很直观。你想靠近他，你能感受到他的温暖、温柔、温润，你会开心，会情不自禁地笑。

所看、所听、所感、所触碰的所有关系，每一份都是缘分的碎片，最后回到自己身上，汇集成了"正缘"。你只有一点一点地体验与他的缘分，才有机会看到"真相"。

爱不会把一个人变得患得患失，它只会让你经历一次次惊喜后还能这么爱。你站在喜欢的人面前，不怯，不怂，不退，这是喜欢赋予你的力量。

爱本身没意义，是两个人相处，把一件件普通的小事变得有意义，变得独特有趣。爱，最重要的不是汹涌而来，而是细水长流，后劲最"上头"。

目录

㊀ 心动的运气

002　大米：怎么确定喜欢一个人呢？

005　卷心菜：喜欢一个人的第一表现是自卑吗？

008　金针菇：一段感情里，"上头"是什么表现？

011　甜甜圈：是不是所有人都渴望被接住？

014　荠菜：怎么得到一个男人的心？

018　三明治：到底怎样才算是正缘？

㊁ 暧昧的喜气

024　西红柿：喜欢一个人从 1 级到 10 级是什么样子？

027　大蒜：我喜欢的人不联系我了，怎么办？

030　牡蛎：是不是不应该频繁找喜欢的人聊天？

033　糖炒栗子：异性之间动了真情，是什么样子？

036　提拉米苏：如何让你爱的人爱上你？

040　秋葵：怎么确定两个人是互相喜欢的呢？

叁 恋爱的元气

044 麻薯：分享才是一段关系的顶级开场吗？

048 照烧鸡腿饭：跟喜欢的人相处，有什么注意事项吗？

052 火腿：恋爱中最舒服的状态是什么样子？

055 肠粉：被真心爱着是什么样子？

058 鱼香肉丝：爱一个人的顶级表现是心疼吗？

062 咸鱼饼子：异地恋那么辛苦，为什么还要谈？

066 白萝卜：我应该为了对方改变自己吗？

肆 拥抱的力量

070 豆瓣酱：安全感是怎么产生的？

073 干炒牛河：怎么委婉地表达我想你了？

077 小笼包：到底怎样才算心疼？

081 叉烧肉：征服一个人的心，靠什么？

085 豌豆：爱情和前途哪一个更重要？

088 黄焖鸡：离婚后我好像对婚姻失去了信心，怎么办？

伍 纠结的爱

092 土豆：为什么恋爱后他好像对我不上心了？

095 小米辣：他慢慢冷落我，我应该主动找他吗？

098 菜花：他经常不回我信息，怎么办？

101 角瓜：一个人怕失去你，说明什么？

104 木瓜：当一个男人向我索要情绪价值时，我该怎么办？

108 珍珠奶茶：一个人能忍住几天不联系你，说明什么？

陆 磨合的脾气

112 冬瓜：一个男人想爱你又想放弃你，是什么意思？

115 酸豆角：他总是对我忽冷忽热，这是什么意思？

118 紫菜：有人会在婚姻里遇到更喜欢的人吗？

121 鸡蛋灌饼：到底怎样才算提供情绪价值呢？

124 饭团：怎样才能让一个人长期对你有感觉呢？

128 瑞士卷：长久的感情，靠什么经营？

柒 灵魂的香气

134 胡萝卜：怎么判断自己是不是遇见了对的人？

138 香菇：怎么才算灵魂伴侣？

141 牛丸：怎么确定一段关系，是玩一玩还是真爱？

144 蛤蜊：当我们提到灵魂伴侣时，我们真正想要的是什么？

147 蛋糕：真爱是一种什么体验？

151 寿司：真心喜欢一个人是什么样子？

捌 结婚的勇气

156 甜椒：怎么确定那个人跟你是一路人？

159 辣条：人是在什么时候，对一段感情失去信心的？

163 丝瓜：该怎么维系一段长久的关系？

166 山药：为什么他现在不像婚前那样对我好了？

169 烤冷面：亲密关系是在哪一刻渐行渐远的？

173 糖醋鱼：一个男人真心拿你当老婆，是不是就会愿意为你花心思？

177 香辣鸡翅：在一段关系里，凭什么赢得别人无条件的信任？

玖 陪伴的意气

182 茼蒿：你怎么确定那个人会爱你很久？

185 豆腐：在一段感情中失去分享欲，怎么办？

188 球生菜：持续爱一个人有什么秘诀吗？

191 榨菜：长久的感情靠什么维系？

194 汉堡包：那些在一起很久很久的伴侣，到底做对了什么？

198 甜沫：两个人靠什么相互吸引？

拾 分开的底气

202　三角比萨：衡量一段亲密关系的标准是什么？

205　柠檬凤爪：人是在哪一刻意识到一段恋爱关系要结束的？

209　茄子：真正的心死是什么体验？

212　红薯：两个人缘分尽了，有什么征兆吗？

216　韭菜：要不要从一场消耗自己的感情里离开？

219　黄花菜：在一段关系结束前，两个人要不要把问题聊开？

222　毛肚：我们是怎么放下一个人的？

壹

心动的运气

一段心动的关系让你借着这么一次机会，看到自己有什么。

你知道自己有什么，然后你便有了喜欢的底气。

大米：怎么确定喜欢一个人呢？

◇ 喜欢是美好的东西，它只会滋养人，不会消耗人。

◇ 你跟一个人在一起时，你的感觉很直观。你的直觉就是答案。

◇ 喜欢是把心打开，把关于那个人的一切放进来。心里满满当当的都是欢喜。

西蓝花开了一家"爱情招待所"，在冰箱三层。

那天，来的第 1 个顾客是大米。

大米有点迷茫地问："怎么确定自己是否喜欢一个人呢？"

西蓝花说："喜欢是一种直觉，你要问自己，冷暖自知。"

你喜欢肉丝，皮蛋很开心，那就做粥嘛；你喜欢黄焖鸡，那就变成饭，你要看自己的状态。

冬天冷不冷？

冷。

你知道冷，跟你站在雪地里玩感觉到的冷，完全是两种体验，你滚起雪球，越滚越大，越滚越好玩，还冷吗？

不要问别人冬天冷不冷，每个人对冷的体感不一样，有些人耐寒，有些人怕冷。你自己去感受，遇见一个冬天，就知道了。

大米问："可是，我听人家说，遇见喜欢的人，第一感觉是自卑。"

西蓝花笑着说："一个人激活了你的自卑，你觉得这种喜欢正常吗？"

喜欢是美好的东西，它只会滋养人，不会消耗人。

就算你不知道什么叫喜欢，你跟一个人在一起时，你的感觉很直观。你想靠近他，你能感受到他的温暖、温柔、温润，你会开心，会情不自禁地笑。

冬天冷吧，你愿意靠近一个火堆，可是也有人愿意冬泳呢。怎么说？就是在那种状态里，你骗不了自己。你开心、满足、幸福，你就愿意去做这件事，这件事带给你成就感。你的直觉就是答案。

你跟一个人在一起，失落、失态、失败，全是心里添堵的感觉，怎么能算喜欢呢？喜欢是把心打开，把关于那个人的一切放进来。心里满满当当的都是欢喜。

你在日常生活里，有基本的状态。然后，你遇见一个人，你看自己的状态，是向上，还是向下。状态低迷，就说明这段关系有问题，身体比大脑更先分辨出这个人是不是你的正缘[1]。

很多时候大脑会拿大众标准欺骗你。你也有一个择偶的标

1　泛指亲密关系中合适的恋爱或结婚对象。

准，比如家境、长相、年龄、性格、星座、MBTI（迈尔斯－布里格斯人格类型测验）等等。可是，当你遇见一个人的时候，生理喜欢很直接，根本来不及分析。

你的第一直觉是，这个人有问题，那就是来自潜意识的拒绝，让你远离危险的信号，直觉会本能地保护你不受伤。

喜欢让一个人疯狂、失控、奋不顾身，你觉得这正常吗？两个人在一起，一定是一种安全、稳定、平静的状态，激烈的情绪背后很可能藏着灾难。

苏东坡说："惟能前知其当然，事至不惧，而徐为之图，是以得至于成功。"

你喜欢一个人，这个人身上一定有值得你喜欢的东西。不着急，不要怕，慢慢来，你要发现那究竟是什么。然后，你才能借助这一股喜欢的力量，拥有它，让它成为你的品质。

真正的喜欢，会激活你身上很多美好的东西，才不会一上来就要你拿最美好的东西去交换。他不会让你自卑，不会让你觉得自己配不上；他会给你力量，让你去拥有你想要的生活。慢一点，没关系，徐徐图之。

当你围在炉火旁，你不会问什么叫温暖。

他喜不喜欢你？你喜不喜欢他？有疑问的这一刻，其实，就是对方没那么喜欢。这不是一道证明题，而是选择题。

你坚定选择他的那一刻，就是喜欢他。

当然，犹豫也是一种答案。

卷心菜：喜欢一个人的第一表现是自卑吗？

◇ 感情这种事，没有三局两胜，喜欢就是喜欢，不喜欢就是不喜欢，没有中间地带。

◇ 你一定要搞清楚，你喜欢他是因为他身上那些发光的品质，还是因为你的人生暗淡，需要这束光的照耀。

西蓝花开了一家"爱情招待所"，在冰箱三层。

那天，来的第 2 个顾客是卷心菜。

卷心菜低着头，小声地问："喜欢一个人，第一表现是自卑吗？"

西蓝花说："不是自卑，是自备。"

卷心菜问："自备什么？"

西蓝花说："拿得出手的诚意。"

你不能啥也没有，光有嘴上的深情吧，油盐酱醋，你至少得有一样。这样你遇见粉条时，才能不慌不忙。你啥也没有，只能暗恋，眼瞅着白菜猪肉炖了粉条。那时候，你只好安慰自己，粉条选择白菜，是因为白菜有五花肉！你以为，等你有了肉末，等你有了鸡蛋，粉条也会奔向你。初心是好的，可是你忘了出发啊！你站在喜欢的人面前，不怯，不怂，不退，这是喜欢赋予你的力量。

卷心菜说："可能，我害怕被拒绝吧。"

西蓝花笑着说："是你先拒绝了自己。"

或许，从前你是自卑的，可是，现在你遇见了一个喜欢的人。

这个人，让你愿意拿出你所有自备的诚意：真诚、热烈、坦荡、自信。你大大方方地走上前，对他说："我喜欢你！"这才是喜欢该有的样子。

你本来挺自信的，可是，当你遇见了一个喜欢的人，第一反应是逃避，是自卑，是觉得配不上人家。那么，你这是喜欢了个什么鬼？

"割尾"鬼？他把你最骄傲的一部分，割走了？

爱就像一枚硬币的两面，一面叫恐惧，一面叫喜悦。你用力地往空中一抛，你说最后哪一面朝上？

恐惧？然后，你就往一切坏的方向找借口劝退自己。

喜悦？然后，你就往一切美好的方向找匹配他的办法。

当你想要再抛一次硬币的时候，你就已经知道你心里的答案了。

你知道的，感情这种事，没有三局两胜，喜欢就是喜欢，不喜欢就是不喜欢，没有中间地带。如果你在犹豫要不要跟他表白，那就不要，因为你喜欢得不够坚定。

你没有拿出诚意，你在赌。

今日割五城，明日割十城，然后得一夕安寝。

你这哪是爱啊，你这是讨好。人家不需要这种卑微的爱，人家要的是势均力敌，是旗鼓相当，是齐头并进。

爱是段位不详，遇强则强。

卷心菜问："我明明很喜欢他，为什么会产生自卑感呢？"

西蓝花说："你一定要搞清楚，你喜欢他是因为他身上那些发光的品质，还是因为你的人生暗淡，需要这束光的照耀。在第一种情况下，你喜欢他，你自然会生出喜悦的力量，他让你找到人生努力的方向和意义。在第二种情况下，你需要他，你自然会生出恐惧和担忧，他耀眼，让你望而却步，你想依赖就必然要付出代价，你要迎合那束光。"

喜欢是我给，需要是我要。

一旦你明白了两者的区别，你便不再纠结。是喜欢，就上前一步，你自备的礼物带着爱意，一定拿得出手。是需要，就后退一步，你得清楚，"诸侯之地有限，暴秦之欲无厌，奉之弥繁，侵之愈急"。

可能，此刻你只是需要他，并不是真正地喜欢他；只是需要也没关系，需要也是很正常的事。你需要他，又没什么可以跟他交换，所以会慌张、会自卑、会纠结，这很正常。

一段心动的关系让你借着这么一次机会，看到自己有什么。你知道自己有什么，然后你便有了喜欢的底气。

金针菇：一段感情里，"上头"是什么表现？

◇ 你渴望的，是一件东西，而真正治愈你孤独的，是另外一件东西。爱只会娱悦人，不会蛊惑人。

◇ 你在谁面前最舒服、最自在、最踏实、最放肆，你心里很清楚。人家对你上心，你被爱着，所以你才有这待遇。

西蓝花开了一家"爱情招待所"，在冰箱三层。

那天，来的第 3 个顾客是金针菇。

金针菇问："一段感情里，'上头'是什么表现？"

西蓝花说："你看，你试穿一条裙子时很有感觉，心痒痒的，心想必须拿下，你压不住心里的激动。"

我告诉你，你之所以"上头"，往往并不是因为真正的喜欢，而是因为那一刻你被某个东西煽动了情绪。我们在冲动下买过很多，后来验证是不需要且不喜欢的东西。

在那个让你意乱情迷的时刻过后，你去做一件小事，哪怕去喝一杯奶茶。然后，你再回来看那条裙子，其实它也不过如此。

甚至，再过一天，你就把它忘了。

怎么形容"上头"呢?

你知道望梅止渴的故事吧。曹操率领部队去讨伐敌人,那天中午,烈日当空,士兵又热又累又渴,附近又找不到水,眼看着士兵都蔫了,怎么办?

这时,曹操突然策马扬鞭,指着远处的一座山说,不用慌,不用慌,太阳下山有月光,这个地方我熟悉,那山里有一大片梅树林,那梅子个大色美,酸酸甜甜,一口咬下去,果汁四溅。

此情此景,谁能受得了啊!上马,大队人马浩浩荡荡奔向远山,最后到达山里。小溪流水哗啦啦,那水真甜。

哪有什么梅子啊!

很多时候,我们以为的爱情,不过是被人煽动的寂寞。你渴望的,是一件东西,而真正治愈你孤独的,是另外一件东西。爱只会娱悦人,不会蛊惑人。

金针菇说:"冲动和心动,不过是一念之间,对吧?"

西蓝花说:"真正的'上头',很简单,就2个字,上心。"

爱意上心头,处处藏着用心。

人跟人初见时,大多羞涩、矜持。怕就怕,脑子一热,瞌睡遇见枕头,饥饿遇见馒头。他跟你聊得来,聊得开,你就愿意让他进入你的生活。

你本来就是一个有趣可爱、能让自己开心的人,你跟谁在一起,谁就会幸福。不要那个人两手握紧,对你说:"我有一颗酸酸甜甜的梅子，你要不要？"你的胜负欲，噌的一下上来了。

可是，猜中对方的心意如何？猜不中又如何呢？懂吧，你较劲的那一刻，感受到的肯定不是爱，你越想得到什么，什么便不是你的爱。这世上，有无数的梅子，为什么偏偏这一颗，搅得你心烦意躁？

你喜欢一个人，首先要考虑，你喜欢在那个人面前的自己吗？

你会遇见很多人，有人给你梅子，让你觉得酸甜，心头一热；有人给你梅子，又拿回去，让你觉得难堪，心头一寒；也有人一无所有，指着远处的山说，那里有一片梅树林。你在谁面前最舒服、最自在、最踏实、最放肆，你心里很清楚。人家对你上心，你被爱着，所以你才有这待遇。

可是，人家为什么对你上心？不是因为那天，你穿了一条漂亮的裙子，人家"上头"了。而是因为那天，他怦然心动，决定让你走进他的心里。

甜甜圈：是不是所有人都渴望被接住？

◇ 这世上繁花似锦，都不及院子里那一朵等他回家的玫瑰。
◇ 有些人，就是可以让你敞开心扉，毫无顾忌。因为你知道，那个人，无条件地爱你。

西蓝花开了一家"爱情招待所"，在冰箱三层。

那天，来的第 4 个顾客是甜甜圈。

西蓝花说："人跟人的关系，有一种很玄妙的感觉，一旦尝过就离不开。"

甜甜圈问："什么感觉？"

西蓝花说："甜甜圈。"

什么意思呢？

你在自己生活的方圆一公里内画了一个甜甜圈，只要他走进你的圈，就能体验到舒服、愉悦、自由、惊喜，等于说他所有的情绪，在你这里都能得到回应。

甜甜圈问："你的意思是，没有人会拒绝一个体贴、甜美的女孩？"

西蓝花笑着说："没有人会拒绝被接住。"

你抛出去的梗，有人接住；你抛出去的情绪，有人接住；你抛出去的奇怪想法，有人接住。你没法接住一个你不喜欢的人抛出的一切。接住，是被动技能，喜欢，才能触发你的这个技能。

每个人都有这么一个甜甜圈。在自己的圈里，有自己的爱好，有自己的骄傲，有自己的节奏。那是我们花了很长时间建造的一个花园，只会邀请最好的、最亲密的朋友光临。你看，欢迎光临！欢迎，光临，好朋友就是可以带来光的人。

什么情况下，一个人会主动走出自己的"甜甜圈"？

那个姑娘决定谈一场异地恋，那个姑娘要远嫁，那个姑娘要辞职回家带孩子，是因为有人接住她，不会让她输。

在他邀请你光临的地方，你以你过去的爱好、骄傲、节奏，又建造了一座花园。然后，你有了第二个甜甜圈。你看，那圈，就是光照进来的地方。

他想要的生活，第一次具象化地出现在他眼前。他决心要保护好这个花园。你看，他早出晚归，给你带回来油菜花、玫瑰花、桂花、水仙花，从此，那花园四季都有了颜色。

懂了吧，两个甜甜圈交集的部分，是第三个圈，叫"爱情"。

他可以崩溃，可以跌倒，可以疲惫，因为他很清楚，回到花园里，一切都会被治愈。这世上繁花似锦，都不及院子里那一朵等他回家的玫瑰。

那种被接住的安全感，难以用语言描述。

一旦尝过一次，往后其他都是将就。

大家都一样，在熟悉、习惯、稳定的地方才能获得安全感，谁不喜欢能掌控、确定的生活呢？你感到犹豫，不过是因为没有遇到那么一个让你敢交出自己的人。

你喝过酒吗？跟刚认识的朋友一起喝时，你会控制自己的量，你知道自己几杯倒。可是，跟熟悉的好朋友在一起时，你兴奋起来，谁都拦不住，喝到断片。第二天，好朋友还嘻嘻哈哈地帮你回忆。

你为什么敢喝？因为你知道他能接住醉酒后的你，你敢把自己交给他。我无法向你描述这种被接住的安全感有多奇妙，当你遇见那么一个人，瞬间就懂了。

有些人，就是可以让你敞开心扉，毫无顾忌。因为你知道，那个人，无条件地爱你。你的狼狈不堪，在他这里，被心疼、被治愈、被接住。

真正的爱，才能调动接住的技能。

有时候，你问真爱到底是什么样子。其实，你把你的东西抛向空中的那一刻，你就知道了。有人接和你自己接，你心里会有直觉，这个感觉不会骗你。

能被接住，才会放肆；接不住，只能克制。

那个人走向你的甜甜圈时，你该用无条件的爱去接住他。他一旦尝过，往后在其他人那里得到的都是将就。

荠菜：怎么得到一个男人的心？

◇ 没有谁的命运，生来就是黑暗的，他只是暂时还没有遇见为他
准备的光。

◇ 你看，世间万物，有些你无感，有些你钟情。比如，路边一朵
花，你喜欢，你会摘。可是，还有一些花你想给它浇水，你想
保护它，你想看它静静地开花。

西蓝花开了一家"爱情招待所"，在冰箱三层。

那天，来的第 5 个顾客是荠菜。

荠菜问："怎么得到一个男人的心？"

西蓝花说："心疼。"

那天，你下班回家的路上，遇到一只流浪的小奶猫。它饿
了，冲你叫，奶声奶气的，把你的心叫软了。

你停下来。

旁边有一家便利店，你进去买了饼干和牛奶。

小猫吃得很开心。

你本来可以走的。

可是，那一刻你突然想，刮大风怎么办？下大雨怎么办？它下次饿了怎么办？你动了恻隐之心，你心疼它。你与它都漂泊在这座城市，结个伴儿怎么样？

你问它，要不要跟你一起回家？

你走一步，它跟一步。

你走三步，它跟三步。

从那一天起，你觉得有个小东西在等你回家，心里软软的。它听你讲生活，讲工作，讲开心，讲委屈，它会用软软的声音回应你，它也会用软软的爪子抚摸你。那一刻，它也心疼你。

你知道吗？

心疼最大的后劲是连接，两个命运的连接。

从前你不理解，一部电影而已，怎么会有人看完后泪流满面；一朵花开而已，怎么会有人看一眼就心花怒放。

因为那并不是为你准备的。

直到有一天，你也和其他人或物有了连接。或许是下班路上某个崩溃的时刻，你看见一只流浪小猫走向你，从此，那只小猫便不再是小猫，而是你的命运共同体。没有谁的命运，生来就是黑暗的，他只是暂时还没有遇见为他准备的光。

有时候你不理解，一个女生经历了那么糟糕的恋爱，为什么不离开。没办法，她的心疼就是她最大的软肋，所以，她也就背负了别人的命运。

心疼一旦连接错了人、事、物，带来的后果就是万劫不复。

心疼，是因，也是果。

这世上有那么多流浪小猫，有些，你会喂它一下，喂完，大家好聚好散。

可是你不知道，你喂的那一刻，种下了因。直到有一天，另一只小猫在你面前被车撞了，一瘸一拐地走向你，你要不要救它？

如果你没做好准备，把一只流浪小奶猫，当你的家人，当你的朋友，当你的命运共同体的一部分，就不要释放你的心疼。请你相信，它能等到一个心软的人。

我的意思是，你能跟那个人产生连接，一定是有一个人先产生了心疼。

你心疼他一路走向你的辛苦，他心疼你因为懂事受的委屈。你要保护他，他想守护你，本是两股各不相干的命运，在这一刻完成了交汇。

为什么有些人，你第一次遇见，却感觉像是认识了很久很久？

他身上有你很久之前种的缘分，是一朵花，是一部电影，是一只小猫，是一本书，是一次决定……无数这样的标签，汇集成你的命运，而他也有这样的标签。

在你们遇见彼此之前，会经历一段孤独时光，做自己喜欢的事，收集喜欢的标签。然后，你们相遇了，你恍然大悟，一切都是命中注定。原来你走在那一条孤独的路上时，他一直在你看不见的地方陪着你。

你看，世间万物，有些你无感，有些你钟情。

比如，路边一朵花，你喜欢，你会摘。可是，还有一些花你想给它浇水，你想保护它，你想看它静静地开花。世间情爱，哪有一次随便的相遇，你心疼的那一刻，对方就和你形成了命运共同体。

爱的最高诚意，我私以为是心疼。

三明治：到底怎样才算是正缘？

◇ 标准其实是用来拒绝不喜欢的人的。因为爱啊，是例外，是偏
  爱，是笃定，是新标准。
◇ 所看、所听、所感、所触碰的所有关系，每一份都是缘分的碎
  片，最后回到自己身上，汇集成了"正缘"。

西蓝花开了一家"爱情招待所"，在冰箱三层。

那天，来的第 6 个顾客是三明治。

三明治问："到底怎样才算是正缘？"

西蓝花说："来得早，不如来得巧。"

怎么说呢？

你有点饿，本来打算去吃一碗酸辣粉。

喜欢这件事，于你而言有一个标准，要酸，要辣，要嗦一
口时麻辣过瘾。

有了标准，你往前走。

你看见刚出笼的包子，它热气腾腾，闻着就香。

吃吗？

你有一种很强的宿命感，这种感觉呢，叫认定了，叫就它了。

正好，合适。

捧在手心，热乎乎；吃到肚里，暖乎乎。

那一刻，你好像有了一个新的理解：标准其实是用来拒绝不喜欢的人的。因为爱啊，是例外，是偏爱，是笃定，是新标准。

你不解，爱的真相到底是什么？

我给你讲一个故事。

几个盲人想知道大象到底是什么样子，于是托人找来一头大象。

那象，真大。几个盲人很开心、很兴奋，赶紧上前去摸。

第一个摸到的人说："就是一个柱子啊！"他很失望。

第二个人摸了一下大象的鼻子，立马反驳："不对，不对，是一根又粗又短的绳子。"

是吗？

第三个人走上前，摸到了大象的耳朵，笑着说："明明就是一把大扇子嘛！"

第四个人一头雾水，他小心翼翼地触摸，然后说："你们说的都不对，这不是一堵墙吗？"

真相到底是什么样子？

如同今天，我们在思考正缘的"真相"是什么。对于当事人而言，正缘就是正在体验的缘分，是观点，是视角，是看法，唯独不是真相。

那怎么了解真相呢？

借助别人的眼睛看一下，借助别人的头脑想一下，借助别人的手触摸一下，摸了大象耳朵，再去摸一下大象鼻子，慢慢地，你会拼凑出一个"真相"的样子。

所以，你吃酸辣粉，吃包子，也会吃三明治，后来才有了健康的体魄。所以，你接受父母的爱、朋友的爱、爱人的爱，也学会接受世间万事万物的爱，后来才有了有趣的灵魂。

现在，你回头再看，什么叫"正缘"？

尝什么，都是自己想去尝的；遇见谁，都是该遇见的。所看、所听、所感、所触碰的所有关系，每一份都是缘分的碎片，最后回到自己身上，汇集成了"正缘"。

你就是所有爱的集合体。

你爱上那个人的那天，如同第一个盲人走向大象，满怀期待。

他是你的真爱吗？

我不知道。

你要继续看一看，看他的家人，看他的朋友，看他读过的书，看他为人处世的方式，看他的脾气秉性，看他的温柔与脆弱，看他走向你的样子，你只有一点一点地体验与他的缘分，才有机会看到"真相"。

一段亲密关系的建立，最重要的是来得巧。

来得太早，他不成熟，你未必有耐心等他；你不成熟，你未必能识别出他就是你的真爱。

贰

暖昧的喜气

当你真正开始爱自己，你就会认识到，洗一个热水澡，喝一杯热牛奶，睡一个安稳觉，醒来时遇见喜欢的人，都会让你开心。心打开了，往里放什么都欢喜。

西红柿：喜欢一个人从 1 级到 10 级是什么样子？

◇ 美妙的关系，追求的从来不是情绪稳定，而是正常的情绪表达。如果你觉得痛苦、焦虑、害怕，那么抱歉啊，你一定是违背了喜欢的初心。

◇ 时间不会给你答案，爱不会教你如何喜欢一个人，但是，时间和爱让你坚定了最初的选择。

西蓝花开了一家"爱情招待所"，在冰箱三层。

那天，来的第 7 个顾客是西红柿。

西红柿兴高采烈地问："你能告诉我，对一个人的喜欢程度从 1 级到 10 级的样子吗？"

西蓝花试探地问了一下："暧昧了？"

西红柿害羞地点了点头。

西蓝花笑着说："1 级暧昧看对眼，2 级心动红了脸，3 级肢体触电感，4 级情书飞纸片，5 级告白有困难，6 级抓心又想念，7 级确定这一款，8 级三观磨合险，9 级红门摆喜宴，10 级真爱很少见。"

西红柿疑惑地问："第10级我不理解，为什么真爱很少见？"

西蓝花说："你遇见牛腩，你的爱是减分制，大火急炒，出道即巅峰。他的爱是加分制，小火慢炖，日久见人心。"

西红柿问："什么是加分制、减分制？"

西蓝花说："你喜欢一个人，初始分10分，你都给了他，然后有一天，他没有秒回你的信息，扣1分；有一天你们约好看电影，他迟到了，又扣1分，你在悄悄地积攒失望。他给你的初始分是0分，今天你做了一顿饭，他给你加1分；明天你在他难过时安慰他，他又给你加1分，他在悄悄计划有你的未来。"

爱是一件很主观的事。

我觉得你爱我，就是爱；我觉得你不爱了，就是不爱。实际上爱一直都在，只是有的人触发了你的加分制，有的人触发了你的减分制。在爱里，出场顺序很重要。

西红柿小心翼翼地问："我能配得上牛腩的爱吗？"

西蓝花笑着说："你的爱，配谁都绰绰有余，关键是你想要哪一种爱。你跟鸡蛋在一起，他给你的是即时情绪价值，三翻两炒就出锅；你跟牛腩在一起，他给你的是延迟满足价值，你要把酸甜的爱意，在小火微炖下全部融入牛腩里。"

西红柿问："怎么确认那个人就是我的真爱呢？"

西蓝花说："不用确认。"

你跟任何一个人开始一段关系，就2个字：善始。

好好开始，带着你所有的诚意，别怕被辜负。你看，你准备了一锅汤，没遇见牛腩，怎么办？没关系，那天鸡蛋也懂你，陪你喝蛋花汤。

不要去想那么多，不要预设结果，不要有过高的期望，就在当下把你的喜欢大大方方展示出来，允许一切发生。你看见拥有的，你就会拥有更多；你盯着失去的，你就会失去更多。

你知道的，关系本就起起伏伏，很正常。加分就要开心，减分就要难过，让所有情绪正常地释放。美妙的关系，追求的从来不是情绪稳定，而是正常的情绪表达。如果你觉得痛苦、焦虑、害怕，那么抱歉啊，你一定是违背了喜欢的初心。

善始就是指：你对自己的情感负责，你喜欢他，你负全责。你的幸福不是建立在他给你的事物之上，你的幸福由你自己做主。就算后来，你没跟鸡蛋在一起，你也没跟牛腩在一起，没关系啊，你依然可以用白砂糖凉拌，这就是西红柿的底气啊！时间不会给你答案，爱不会教你如何喜欢一个人，但是，时间和爱让你坚定了最初的选择。你未辜负怦然心动，那么心动，也一定会善终。

当你真正开始爱自己，你就会认识到，洗一个热水澡，喝一杯热牛奶，睡一个安稳觉，醒来时遇见喜欢的人，都会让你开心。心打开了，往里放什么都欢喜。

大蒜：我喜欢的人不联系我了，怎么办？

◇ 需要你一瓣一瓣不停消耗自己才能留住的爱人，不要也罢。
◇ 你应该有正常的恋爱观，那就是大家在一起，是开心加倍，是有福同享，是心有灵犀，你不是他的消耗品。

西蓝花开了一家"爱情招待所"，在冰箱三层。

那天，来的第 8 个顾客是大蒜。

大蒜慌慌张张地走进来，问："我喜欢的人，不联系我了，怎么办？"

西蓝花说："2 个字，断联"。

大蒜说："可是，我还喜欢他。"

西蓝花说："你喜欢一个人，总该有点拿得出手的东西吧，比如长相、工作、性格、家境、才华，反正是放在一段亲密关系里，可以抵挡生活刁难的筹码。摆个地摊，好歹也要弄个煎饼馃子、炸个鸡柳什么的吧。否则人家凭什么喜欢你？"

他说想吃拍黄瓜，啪，你把一瓣蒜拍碎，给了他。他说想吃蒜蓉小龙虾，啪，你把一瓣蒜拍碎，给了他。他说想吃个饺子，啪，你把一瓣蒜拍稀碎，给了他。

你瞅瞅你现在还有几瓣蒜！你拿什么喜欢他？消耗性的爱人走了，对你来说不是解脱吗？你不会再害怕。否则他总有新的需求，那时你没蒜瓣了，怎么办？

回家洗个澡，好好睡一觉，眼睛一闭，谁也不爱，就好好休息。慢慢来，不着急，等你发出新的芽，等你吐出新的绿苗。那时候，你刚好成熟，抽出新鲜的蒜薹，那时候，里脊也刚好切成丝，蒜薹炒肉丝，多般配啊！

不要为不值得的人掉眼泪，人家断联就拿捏你了。他的离开，只是给你腾出时间，你要长成他高攀不起的模样。

需要你一瓣一瓣不停消耗自己才能留住的爱人，不要也罢。你应该有正常的恋爱观，那就是大家在一起，是开心加倍，是有福同享，是心有灵犀，你不是他的消耗品。

他若喜欢你，怎么忍心看你一瓣一瓣地掉落。

大蒜说："都是我愿意给他的。"

西蓝花说："你说这话，让人心酸又让人心疼，你的愿意并没有换来尊重，你懂吧。等你最后一瓣蒜也被人家骗走，你说他还喜欢你什么？"

真正的爱，是回应啊，他给过你盆，给过你土，给过你阳光和水，给过你陪伴。你在这一段关系里生命力旺盛，土以上的部分，"噌噌"地长出蒜薹，土以下的部分，悄悄变成一颗完整的大蒜。

可是，现在呢，你喜欢的是什么？

我只看到一地凌乱的蒜皮和你患得患失的样子。一段关系全靠你主动，全靠你付出，不是心不心动的问题，是不健康啊！你也只有几瓣蒜而已，不能慷慨地赠予不喜欢你的人啊。

我知道你很想留住他，可是抱歉啊，你得清醒。他爱的只是你的有求必应，一旦你没有他需要的东西，他就走了。

他不联系你，不过是让你慌，让你怕，让你为他付出更多。如果你不愿意，他就拿离开来惩罚你。小孩子才用离家出走来要挟呢，幼稚。不联系多好啊，及时止损，难道你还上赶着要把最后一瓣蒜送给他？

大蒜沉默了很长一会儿，突然说："原来，自始至终，他就没喜欢过我啊！"

西蓝花说："是你把他宠坏了，所以他才不停地要，这不是爱，是溺爱。你没教会他付出，没关系，这一次断联或许就是你给他上的第一课，让他来学习如何爱你，他需要付出才能挽回你。"

你呢，别胡思乱想，也别花时间找他，在这段时间好好爱自己。过不了多久，答案就会出现。

他回不回来，都不重要，因为会爱人的是你。他学会了，自然就会回来；他学不会，你和他在一起也没用。

牡蛎：是不是不应该频繁找喜欢的人聊天？

◇ 人啊，就是要敢于把自己已知的知识表达出来，在表达过程中，会碰到新的观点、新的解读、新的视角，然后才能拥有新的认知。

◇ 当一个生命照亮另一个生命时，这才是相逢最有意思的地方。

西蓝花开了一家"爱情招待所"，在冰箱三层。

那天，来的第 9 个顾客是牡蛎。

牡蛎问："是不是不应该频繁找喜欢的人聊天？"

西蓝花问："为什么？"

牡蛎说："分享需要大量的情绪支持，你期待对方给你回应，本身也是一种情绪消耗吧。甚至，你会把偶尔的共情时刻，误解成是爱的一部分。或者说，你跟一个人这辈子说多少句话是有定数的，讲完了，关系就结束了。"

西蓝花摇摇头，说："不要这么悲观。"

其实换一个角度，一个人成长最快的阶段，往往是从发现了什么是喜欢开始。

甜甜圈被咬一口后，还是圈吗？你去一个地方旅行，最后还是要回家，那么旅行的意义是什么？

发现比抵达更浪漫。

你发现了一个新世界！人跟人的交流，就是一个输入与输出观点，互相赠予糖果的过程，你把你知道的都分享给了他，你空了吗？

没有啊。

他会用他的糖果把你填满，就算糖果都吃完了又怎样，你们体验了什么叫甜。

后来，你回到自己的生活里，你会很用心地收集生活里一切可以当作下次谈资的东西，开开心心地做成一块又一块新的糖。

主动输入的过程，会让你的心越来越丰富。

你会看新的书、新的电影，听新的笑话，有新的旅程，然后再次跟他重逢，又是在一个奇妙的夜晚，你们聊着新的故事。

发现比抵达更有力量。

你的心越来越大，就撑开了硬硬的壳，那时的你，味道有了层次感。

人啊，就是要敢于把自己已知的知识表达出来，在表达过程中，会碰到新的观点、新的解读、新的视角，然后才能拥有新的认知。

你看，对于一篇文章，作者写了他所知的，读者拿走了他想要的，大家都被推着往前走了一步，有了新的重逢，所以有了下一篇文章。

可是啊，终有一天大家恍然大悟，原来很久很久以前的那篇文章里，还藏着另一个故事啊。没关系，现在我们读懂了。

别怕聊着聊着没了话题，大家都在生活，生活处处都有谈资，只要你愿意去收集，你就会借着喜欢的风，长大、成熟。

喜欢是一种多么美好的力量啊。他让你发现了新的活法，你跟他聊天，不仅能获得新的知识，而且能借着他的视角，跟他过了一遍他的生活。这种参与感，也很甜啊！喜欢本就是互相渗透的过程，你不去聊，不去探索，不去碰撞，又怎么能走进别人的人生呢？你不打开自己，别人又怎么能走进你的人生呢？

聊天可能是最低成本的人生体验。

你记住喽，人家拒绝的从来不是你，是互相消耗的窥探，是互相对抗的情绪，是没有滋养的关系。你懂吧，好朋友在一起，就算是扯闲篇，都是皆大欢喜。

当一个生命照亮另一个生命时，这才是相逢最有意思的地方。

在喜欢的人那里，大量地输出；在孤独的时刻，大量地输入。空的杯子，可能从前装的是牛奶，后来会被装满咖啡。甜甜圈吃完了，就换芒果班戟。旅行回来，好好工作，再计划下一次出发。

经过一次次输入和输出，你完成了对自我的升级。

你不知道什么时候对方就爱上了你有趣的灵魂。

糖炒栗子：异性之间动了真情，是什么样子？

◇ 我一直觉得，一生中如果遇到这么一个人，要拥抱他，要真诚地告诉他你有多喜欢他，争取是你的权利，留不留得住不重要。
◇ 我们遗憾的、后悔的，不是没有跟他在一起，而是年少时没有珍惜自己的爱。
◇ 你的真诚、勇敢、热烈，一定会奖励你一段真正的缘分。

西蓝花开了一家"爱情招待所"，在冰箱三层。

那天，来的第 10 个顾客是糖炒栗子。

糖炒栗子问："异性之间动了真情，是什么样子？"

西蓝花想了一下，笑着说："2 个字吧，冲动。"

像是 100 米跑步，你用尽所有力气奔向那个人，那个人在终点拉着冲刺带，你撞向带子的那一刻，就是动情的。

动情以后，你会做无数跟过往不一样的决定。

面临与他有关的决定时，你会情不自禁地选择有他的那个选项。

他成了你生活里的那个变量。

可是你知道的，大多数人心生欢喜，想表达心意，但是终究差那么一点勇气，离冲刺线越近，越胆怯、越自卑、越紧张。

动心的劲头一过，也就过了。

我一直觉得，一生中如果遇到这么一个人，要拥抱他，要真诚地告诉他你有多喜欢他，争取是你的权利，留不留得住不重要。

水一旦沸腾过，它的宿命就不再是原来的水；黑暗一旦见过光，它的宿命就不再是原来的黑暗；你一旦动过情，你的宿命就不再是原来的你。

如果你放他走了，往后啊，你可能很难再有行动的勇气。人的身体会记录每一次懦弱、退让、胆怯，然后把这条线前面的路视为禁区。

你再遇见一个人，爱意乍起时，身体会本能地释放这些恐惧情绪来阻止你。后来啊，你会长成一个权衡利弊的大人，不是说不好，而是没了少年感，没了那股不顾一切的冲劲，于是便有了后来的意难平。

没选的那条路，是后来一生的意难平。

他们说："你不要美化那条没有选的路。"

不需要美化啊，那条路上有他，这一条没有，走起来就是不一样啊。我们遗憾的、后悔的，不是没有跟他在一起，而是年少时没有珍惜自己的爱。

爱意在心底升起之时，本该炙热、闪耀、纯洁，你干吗阻止自己奔向喜欢的人呢？

我告诉你一个小方法。

当你觉得两个人在一起有了暧昧，你要在心里设一个截止日期。

如果那天，他没有向你表白，你就向他表白。

总有一个人要推进这一段关系，大胆的人，往前迈一步。你要记得，你这一步啊，不是把你推进这段感情，就是下一段感情。

你的真诚、勇敢、热烈，一定会奖励你一段真正的缘分。

糖炒栗子问："如果被拒绝了，怎么办？"

西蓝花笑着说："对呀，是你拒绝了一场不清不楚的暧昧。"

爱情始于暧昧，但是有一条终点线，这段距离可能是 100 米、200 米、400 米。一个人可以不奔向另一个人，但是，奔向的终点一定有另一个人。

真正的动情，就是暧昧的发令枪。啪，枪响以后，两个人的距离一直在缩短。碰触后没有缩回的手，碰触后没有回避的眼神，爱意越来越明确，奔向对方的每一步越来越坚定。

如果此刻你把爱意埋在心底，也没关系，那就妥善安放好，绝口不提。时间自会让灰尘落在上面，把对方蒙在鼓里。但是我想告诉你，一鼓作气，再而衰，三而竭。

没有答案的人，会美化没有选的那一条路；有答案的人，会走好自己选的那一条路。你的爱，深情、浪漫、甜美，应该轰轰烈烈一回，一回就够了。

提拉米苏：如何让你爱的人爱上你？

◇ 能让你坠入爱情的，都是为你量身定做的，狙击的就是你的心动点。

◇ 比起一见钟情，更让人难以割舍的是日久生情，因为你早就成了他生活的一部分。

◇ 爱本身没意义，是两个人相处，把一件件普通的小事变得有意义，变得独特有趣。

西蓝花开了一家"爱情招待所"，在冰箱三层。

那天，来的第 11 个顾客是提拉米苏。

提拉米苏问："如何让你爱的人爱上你？"

西蓝花想了一下，笑着说："只需要做一件事，制造爱情。"

提拉米苏不解地问："爱是可以被制造出来的吗？"

西蓝花说："当然。"

其实生活中大部分东西，是我们不需要，却被制造出来的伪需求。

你在手机上购物时有没有发现，每次准备结账的时候，下面就会出现一堆其他商品，这叫作：猜你喜欢。

他只需要 4 步，就完成了让你喜欢他的过程。

第 1 步，提。

不断地提及。

心理学有一个术语叫"曝光效应"。一个东西，不断地出现在你的生活里，曝光次数足够多，就会激活你的好奇心。

比如，菠萝蘸辣椒面，芒果蘸蚝油，荔枝要蘸酱油吃，西瓜要先放在盐水里浸泡一下，洗澡的时候吃一个橙子，最好是冰镇橙子。

说的人越多，你的好奇心就越强。

你喜欢一个人，他身边的人都在提及你身上某一个独特的点，不会过多久，他就会主动靠近你。

第 2 步，拉。

极限的拉扯。

一旦点击"猜你喜欢"，平台就开始从各个维度测试你的心动点，比如价格敏感度。

经济学里有一个术语：价格歧视。同一件商品，为了获得更多的利润，价格被设置了不同层级。

刚上市时和上市一段时间后，价格不一样；有优惠券和没有优惠券时，价格不一样；满减和单独购买时，价格不一样。促销时和日常，价格不一样；预售和有现货时，价格不一样。

你以为你获得的是最优价格吗？其实，每个人看到的价格不一样，不过是你心里能接受的价位。

换句话说，能让你坠入爱情的，都是为你量身定做的，狙击的就是你的心动点。

第3步，蜜。

甜蜜的拥有感。我们需要的不是一件商品，而是拥有后的感觉。

股票里有一个术语：损失厌恶。先让你拥有，产生情感羁绊，你就会害怕失去。

你看，你好喜欢一只小狗，犹豫要不要买回家。卖家告诉你，没关系，你可以先领回家，养一段时间试试，不喜欢的话再送回来。

投入的感情，后来都会变成沉没成本。

比起一见钟情，更让人难以割舍的是日久生情，因为你早就成了他生活的一部分。

第4步，诉。

倾诉的表达欲。

心理学有一个术语叫"相似性原则"。人们更容易爱上与自己相似的人，比如有相似的标签、相似的经历、相似的价值观。一旦打开倾诉的窗口，被理解、被看见、被宠爱，就会形成路径依赖。

换句话说，他在你这里找到了安全感，可以完整地释放自己的情绪。

你懂他，你给他制造了爱的感觉。

人一旦形成这种依赖，就会养成一种刻进日常的习惯。你看，洗发水，你常买一个牌子的；奶茶，你常喝一个牌子的；餐厅，你常去某一家。

爱就是验证生活，把适合自己的部分变成习惯。

这就是爱情里的"提拉米苏"效应。

与其说我们爱上一个人，倒不如说是我们制造了一种与他人在一起时没有的感觉，这个独特的心动感觉叫爱。

爱本身没意义，是两个人相处，把一件件普通的小事变得有意义，变得独特有趣。甜的，从来不是提拉米苏，而是在一起的时光。一起犯傻，一起胡闹，一起把日子变长。

秋葵：怎么确定两个人是互相喜欢的呢？

◇ 有些人或者有些东西，在当下那一刻跟你没有缘分，没关系。情不知所起，一往而深，你没有辜负这一份深情。

◇ 爱要放在具体的人身上，放到具体的事上，那一刻，你才知道自己爱的是什么。

西蓝花开了一家"爱情招待所"，在冰箱三层。

那天，来的第 12 个顾客是秋葵。

秋葵问："怎么确定两个人是互相喜欢的呢？"

西蓝花反问："你喜欢他，他知道吗？"

秋葵犹豫了一下，吞吞吐吐地说："应该……知道……吧。"

西蓝花说："一个人知道你喜欢他，却不给你明确的回应，不是慢热，是他没那么喜欢你。"

你可以试探性地问一下："做你女朋友可以吗？"

你先喜欢人家，就该先往前走一步，拿出你的态度、诚意，大大方方地展示你的喜欢。他瞬间的反应，就告诉你答案了。不要去猜，勇敢可能无效，但是认输一定会败北。

你看那件衣服好漂亮，你好喜欢，一看吊牌感觉好贵啊，咬咬牙也能拿下。但是，你可以多问一句："能优惠吗？"

你喜欢，就要主动争取啊，万一人家有活动呢？

你争取了，尽力了，即使最后没有得到，你转身走的那一刻也不会遗憾。有些人或者有些东西，在当下那一刻跟你没有缘分，没关系。情不知所起，一往而深，你没有辜负这一份深情。

你路过2元店，大喇叭都知道喊一声挽留你，"2元2元，全场都2元，你买不了吃亏，也买不了上当"。你喜欢的人，在当下那一刻不喜欢你，没关系，你知道了人家的态度。后来，你炽热的爱就不会打扰人家，你也不会再投入。你看，钱放在银行里，好歹还有利息呢，你把爱放在一个不能给你回应的人身上，干吗呢？

被拒绝，不是你的爱不好，也不是你爱错了人，仅仅是那一刻大家立场不一样，你要急火爆炒，人家要小火慢炖。幸运的是，你的爱被表达出来了，碰到了对方的回绝，你也明确了自己的心意。

我们就要这样去爱，坚定而明确，然后你就会遇见那个懂你的人。

含含糊糊，反而没法给自己正反馈。偶尔你也会怀疑，这真的是爱吗？暗恋，美好吗？美，美的是你爱一个想象中的人。可是爱要放在具体的人身上，放到具体的事上，那一刻，你才知道自己爱的是什么。

秋葵问："有没有含蓄的办法，用来试探一下呢？"

西蓝花说："我喜欢直说，明确地爱，即时地回应，真诚地分享，干净利落。"

暧昧一时爽，可是后劲太大了。表白可以没有玫瑰，可是如果只有玫瑰，怕就怕，爱意随花起，花落意难平，是你多情了啊！明确地去爱，就算最后没在一起，也没关系。你看，爱把你切成一段又一段，切面都是小星星啊，一闪一闪亮晶晶。他让你知道，你有多美好。后来，就算你一个人经历焯水，你凉拌也好吃啊！

可是暧昧呢，分开后你算什么？

你连难过的资格都没有，那玫瑰都枯萎得不明不白。

我知道你怕被拒绝，因为你太在意这段感情，太想有一个好结果，你给自己的压力太大了，爱得太用力就变形了。

放轻松点，不要预设你跟他会产生什么关系、什么结果，就活在缘分里。缘分把你们带到哪里，就享受到哪里，千江有水千江月。我的意思是，你没有买的那件衣服带给你的审美，会出现在下一件衣服里，你给出的爱一直都在，只是会换一种形式回到你身边。

叁 恋爱的元气

你跟一个人经历开心、经历磨难、经历抉择，有福同享、有难同当，完成爱的闭环，那时你才懂得爱一个人的全部含义。真正的心疼，是我带着所有的诚意，参与你的人生。

麻薯：分享才是一段关系的顶级开场吗？

◇ 如果你分享的快乐，对方是无法参与的，那么他能给你的回应只能是接受。这分享，澎湃的是你，打扰的是他。

◇ 每一种分享都有温度，温度越高，回应越热烈。

西蓝花开了一家"爱情招待所"，在冰箱三层。

那天，来的第 13 个顾客是麻薯。

麻薯问："分享才是一段关系的顶级开场吗？"

西蓝花问："你怎么理解分享？"

麻薯说："那天，我吃了一个牛肉包，一口咬下去，汤汁在嘴里爆开，真的好好吃啊，分享给他。"

那天，我看到一个短视频，一只猫好滑稽，走路一卡一卡的，像是连不上 Wi-Fi，笑得我肚子疼，分享给他。

那天，我路过一个娃娃机，心血来潮就玩了一次，用三个游戏币抓到了大娃娃，好厉害，分享给他。

西蓝花笑着说："文字的温度，哪有见面那么炽热。"

我的意思是，如果你分享的快乐，对方是无法参与的，那么他能给你的回应只能是接受。这分享，澎湃的是你，打扰的是他。

真正的分享，不是告知，而是参与。

那天，你邀请他一起去吃牛肉包，他能感受到那一口饱满的汤汁，好酷啊。这是你们共同的经历。

你掏出手机想要拍下此刻。

他坐在你对面，微笑着看着你，那个表情让你想起一只很滑稽的猫。

你找到视频，把手机递给他，两个人在那一刻都看懂了那个笑点，笑得差点掉到桌子底下。

后来，你们吃完牛肉包，路过一个娃娃机。

你问："要不要来一局？"

他说："来啊，来啊。"

三个币投下去的那一刻，你们的心都高高悬起。他握着你的手，啪，按下按钮，那爪子抓住了大娃娃，也抓住了你们当下的心动。身边啊，都是粉红色泡泡。

你们参与过、见证过彼此的生活，把自己那一刻真实、完整的感受分享给对方。人跟人的关系，其实靠的就是这种关键时刻的共同经历。

你分享给他一首歌、一部电影，这是分享吗？

是啊。

但是，这终究没有一个人与另一个人各用一个耳机来听一首歌，一个人躺在另一个人怀里一起看一部电影，来得热烈。

这种分享，是能够刻进生命里的。

我把我的生活分享给你，其实不是告诉你，我今天吃了什么、去了哪里、做了什么，而是想告诉你，如果那一刻你在我身边该有多好！我要的是你参与我的生活。

我也想参与你的生活。

分享的意思可能就是，两个人把普通、无聊、平凡的生活，变成高光、有趣、难忘的经历。我们需要的是参与到过程里，而不是一个人拿到结果就好了。

如果一次分享，没有激发对方的回复欲、表达欲、参与欲，可能就是一次失败的分享。

其实，你知道的，我们大多数时候，是接不住对方的快乐和悲伤的，那应该怎么回应？

我们无法感同身受，只能礼貌地敷衍。

那天，你坐在窗前望着弯弯的月亮，心事重重。你分享给他一张照片，他无法走进你的心境，只能说今晚的月色很美。

你邀请他坐在你身边，这才是顶级的浪漫分享。

分享的本质，是在对方心里创造一个感受的阈值。

阈值，是什么意思？是指产生一个效应所需条件的最低值或者最高值。

能见面就别视频，能视频就别语音，能语音就别打字，每一种分享都有温度，温度越高，回应越热烈。

文字聊天时容易"上头"、共情，可是，终究抵不过面对面时的暧昧炙热，因为两者创造的阈值不同。

你们在彼此的人生里参与得越深入，亲密值越高，他跟你在一起时，其他人就变成了将就。

照烧鸡腿饭：跟喜欢的人相处，有什么注意事项吗？

◇ 恋爱首先激发的应该是存在价值，而不是工具价值。
◇ 只要食欲在，吃得饱饱的，你就有足够的力量向命运发起反击。
◇ 其实，没有什么错过，一切你以为的错过，都是在为正缘让路。

西蓝花开了一家"爱情招待所"，在冰箱三层。

那天，来的第 14 个顾客是照烧鸡腿饭。

照烧鸡腿饭问："跟喜欢的人相处，有什么注意事项吗？"

西蓝花说："不要轻易把自己的时间和情绪，给予不懂珍惜的人。"

在一起，管住嘴。一句话该说不该说，你要清楚啊！分开了，迈开腿。一段情该舍该留，你也要清楚啊！你很贵，不要成为别人无聊的燃料。

恋爱首先激发的应该是存在价值，而不是工具价值。

你遇见一个喜欢的人，首先问自己一句话，这恋爱是非谈不可吗?

如果回答: 是的。

你很坚定, 你有一股劲儿, 你有强烈的宿命感。

那就谈。

因为, 他的存在就让你很开心啊。

我给你讲一个故事。

那天, 你好像没怎么有食欲, 遇见了一份看上去很诱人的照烧鸡腿饭。

你觉得他能激发你的食欲吗? 要试一试吗?

一旦你决定入场, 就要承担代价, 可能扒拉两口后, 你就不想吃了, 剩下的怎么办? 扔了吧, 你觉得可惜, 凑合吃, 你又很委屈。

懂了吧。

你有食欲, 吃啥都嘎嘎香! 你的状态对, 你愿意投入, 你的心思在这上面, 你在这段关系里倍儿有存在感, 你存在, 你所构建的世界才存在。

没有食欲, 一切免谈。

在没有食欲那天, 我们会不会错过把某某某加入人生菜单的机会? 不会。

你以为错过了照烧鸡腿, 其实, 往前走还会遇到照烧排骨、盐焗鸡腿。缘分很谨慎, 会一次次确认, 你喜欢的是照烧，还是鸡腿。

你看，那条街那么长，有那么多餐馆，你为什么偏偏走进这家？

我希望你是因为喜欢，而不是因为饿了或者新店开业大促销。

成年人为什么挑食？

生活那么辛苦，我们很难有一份心满意足的工作，更难遇见一个怦然心动的人。但是，至少管住嘴，为自己喜欢的食物买单，这是对自己最大的诚意。

请你相信，一次次的不妥协会慢慢渗透你的生活，直到你拿回命运的掌控权，去做自己喜欢的工作，去爱自己喜欢的人。慢慢来嘛，先从跟不喜欢的食物说不做起。

只要食欲在，吃得饱饱的，你就有足够的力量向命运发起反击。

上天让你遇到坑、遇到痛苦、遇到不爽，就是提醒你不要倔强、不要执着、不要较劲，此路不通，换一条路。

其实，没有什么错过，一切你以为的错过，都是在为正缘让路。

因为珍惜要双向才过瘾，你的食欲碰上色香味齐全的菜才会爆发，大家都竭尽全力才促成了这一次相逢。你没那个劲儿，只是凑合填饱肚子，对他也是一种辜负。

他也应该遇见一个满眼满心都是他的人，对方激情热烈，光盘行动。

不要给了他期望，又让他失望；不要给了自己机会，又让自己后悔。

如果你没这个劲头，那就饿两顿。一定有一个什么东西，值得你翻山越岭去见它；一定有那么几句话，值得你讲给他听，千千万万遍。终有一天，一想起照烧鸡腿饭，你去见他的脚步就加快了。

我的意思是，有些人，光是存在，对你而言就很美好啊。

所以那天，你为什么没有食欲？

上天替你排除了一个错误选项。

火腿：恋爱中最舒服的状态是什么样子？

◇ 正是对方跟你不一样的那个决定，丰富了你的世界，丰富了你的选择，你们不过是替彼此提前探路。

◇ 允许差异化存在，而不是用差异化，制造信息差矛盾。

◇ 付出的代价是，一个人成全另一个人。凡是不舒服的决定背后，都有一个人在积攒失望。

西蓝花开了一家"爱情招待所"，在冰箱三层。

那天，来的第 15 个顾客是火腿。

火腿问："恋爱中最舒服的状态是什么样子？"

西蓝花笑着说："2 个字，有嘴。"

讲理的事，观点有分歧时你俩能碰一碰；讲情的事，"上头"时你俩能亲一亲。大家都有嘴，没有隔夜仇，该低头低头，该强硬强硬，谁都不用哄一哄来掩盖问题本质，换句话讲，大家能在同一个认知水平上沟通。

火腿问："什么叫同一认知水平？"

西蓝花说："就事论事。"

你要永远记得，你俩是一伙的，一荣俱荣，一损俱损，千万别内讧。两个"不要原则"：不要跟对方争对错，不要把责任推给对方。出现的问题不是为了阻止你们相爱，而是抽查你们在爱的能力上还有什么需要加强的。

婚姻只负责筛选，不进行教育，爱的能力都是在恋爱的时候谈出来的。

有嘴就很关键。

谈什么？晚上吃什么，电影看哪部，周末去哪儿玩，这都是表面恋爱。深度恋爱，是那天你想吃辣，他想吃清淡，怎么办？是你想看爱情片，他想看恐怖片，怎么办？是你想跨城游，他想同城游，怎么办？

所有分歧里，大家都没错，可是问题出现了，怎么办？

火腿摇摇头。

西蓝花接着说："爱的所有问题，其实都在考你同一个题型：求同存异。"

你们可以一起走进同一家餐厅，你点麻辣的，他点清淡的；你们可以一起走进同一个电影院，你进爱情片放映厅，他进恐怖片放映厅；你们可以分开旅行，说好在哪里重逢。

我的意思是，正是对方跟你不一样的那个决定，丰富了你的世界，丰富了你的选择，你们不过是替彼此提前探路。

允许差异化存在，而不是用差异化，制造信息差矛盾。

你们望向同一片天空，你看的是月亮，他看的是星星。没关系，大家都有嘴，你在描述月亮，其实也在邀请对方走进你的世界。

你当然喜欢他身上跟你相似的部分，但是跟你互补的那一部分，也很性感。

其实，那天吃什么，看什么电影，在哪里玩，不重要。重要的是，你们一起去，一起回，一路上分享着彼此的见闻。一次出行，两份收获。

爱的意义，就在于双份快乐，而不是第二份快乐半价。

付出的代价是，一个人成全另一个人。凡是不舒服的决定背后，都有一个人在积攒失望。

你看，爱的心上被扎了一根刺，当时拔出来，肯定很疼啊。可是，如果你装作不知道，后来它会发炎啊。有嘴，就要发言，疼就要说出来。亲一亲有用吗？没用啊，可是趁亲的时候，可以把那根刺拔出来。

你看，关羽中了毒箭，毒都深入到骨头里去了，怎么办？刮骨啊，那得多疼啊，他下棋，是为了转移注意力吗？不是，是因为象棋里有对象。你怕啥啊，你对象会给你勇气，这不就是相爱的意义吗？

火腿笑着说："对呀，火腿长，哪有陪伴长，陪伴才是最长情的告白。"

西蓝花说："你逃避的每一个问题，都会换一种形式重新回来，直到你学会这种爱的能力。"

肠粉：被真心爱着是什么样子？

◇ 一个人如果真心爱你，就不会把伤害带进你们的世界，不会让你们陷入两难的困境，不会给你们添麻烦。
◇ 凑合、将就、糊弄的人，是不可能遇到真爱的。
◇ 你想要跟怎样的人过一生，你得先成为这样的人。

西蓝花开了一家"爱情招待所"，在冰箱三层。

那天，来的第 16 个顾客是肠粉。

肠粉问："被真心爱着是什么样子？"

西蓝花说："承认。"

他要承认爱你，那怎么承认呢？

在他的朋友面前，大大方方承认；在他的父母面前，大大方方承认；在他所有的社交关系里，大大方方承认。

就算后来分开，他也会大大方方承认爱过。

美好的关系，就该如此吧，大大方方地来，大大方方地走。这是一段缘分，体验过，没留住，大家都不会遗憾。

承认是亲密关系里的最高礼节。

我给你讲一个故事。

你养了一只小猫，那天你下班回家，路上遇见一只流浪猫，它好可怜。你的善良会促使你走近它，给它一根火腿肠。

你不会跟它暧昧，你知道一个词叫边界感。

你家里有猫吗？当你承认一只猫在你心里，其他的猫就再也没法走进去。因为一旦承认了，你就要接受文明的约束，知道有所为，有所不为。你藏着掖着，才会动歪心思，为所欲为。

一个人如果真心爱你，就不会把伤害带进你们的世界，不会让你们陷入两难的困境，不会给你们添麻烦。

真爱这东西吧，排他性很强，一个人是不可能同时坠入两条河流的，也不会美化那一条没有选择的路。单选题，只有一个答案。

你看，数学里有一个词叫"有且仅有"。

人家问你，有猫吗？

有。

几个啊？

一个准确的描述是，有且仅有一只猫。严谨吧，你的态度不暧昧。

真爱就是如此严谨，有且仅有一个。

你爱了，就得承认，不是说过几天没有爱的感觉了，就想把猫丢了。真爱，不是感觉，是担当、是责任、是托付。说好了一生一世，差一天，差一点，都不算。

为什么真爱发生的概率特别低？因为它只发生在两个真正笃定的人身上。凑合、将就、糊弄的人，是不可能遇到真爱的。你会遇见一个合适的结婚对象，但是真爱，人常说命里有时终须有，命里无时莫强求。

这缘分，真的是可遇不可求吗？

倒也不是。

当你在描述另一半的时候，其实，你也在描述自己。换句话说，你想要跟怎样的人过一生，你得先成为这样的人。你承认自己的价值，你看见自己的闪光点，同时，也就看见了那个人向你奔来。

拿着玫瑰的人，会和拿着玫瑰的人接头；端着肠粉的人，会和端着肠粉的人相逢。

大家都一样，都有自己的视觉盲区。我们无法谈一场认知以外的恋爱，无法跟看不见的人恋爱，无法在不爱自己的前提下先爱别人。

有时候，你会苦恼，怎么还没有遇见那个对的人。想想，你不是也没有遇见对的自己吗？人得先知道自己有什么、要什么，然后才能找到一条路。

命运也好，缘分也罢，他们可以笑着跟你说，来就行了，还带什么礼物。人家只是客气，你不能在奔向缘分的时候，真的两手空空。否则，你真的遇见爱的人时，你拿什么守护啊？

鱼香肉丝：爱一个人的顶级表现是心疼吗？

◇ 你跟一个人，经历开心、经历磨难、经历抉择，有福同享、有
难同当，完成爱的闭环，那时你才懂得爱一个人的全部含义。
◇ 真正的心疼，是我带着所有的诚意，参与你的人生。

西蓝花开了一家"爱情招待所"，在冰箱三层。

那天，来的第 17 个顾客是鱼香肉丝。

鱼香肉丝问："爱一个人的顶级表现是心疼吗？"

西蓝花说："心疼是态度，是情绪，但不是爱的本质。"

嘴上说来终觉浅，绝知此事要躬行。

啥叫躬行？

说完我心疼你，然后呢？

心疼没有成本，就是嘴上那么一说，给对方提供情绪价
值嘛。可是，爱得有行动、有过程、有细节，一份完整的爱，
就两个字：闭环。

我给你讲一道菜——鱼香肉丝。

你可曾知道鱼香肉丝里是没有鱼的，鱼香是一种做法，是一种口味。

第一步，备菜。

将瘦肉、黑木耳、胡萝卜、青椒，逐一切成丝。

第二步，备调料。

准备好郫县豆瓣酱、白糖、醋、酱油、盐、淀粉和葱姜蒜。

第三步，腌制。

用盐、胡椒粉、料酒、蛋清、淀粉把肉丝腌制 10 来分钟。

第四步，勾芡。

在小碗里，加白糖、香醋、酱油、淀粉，用清水兑成芡汁。

麻烦吧，这还只是准备阶段呢。

接下来才是正戏。

起锅烧油，炒肉丝，盛盘备用。然后，放入葱姜蒜以及豆瓣酱爆锅，各种菜丝依次下锅，翻炒再翻炒。然后，加肉丝，加芡汁，翻炒再翻炒，盛盘。

为什么后面讲得这么快？

大多数人没有耐心一步一步慢慢来，他们只关心什么时候可以上桌吃饭，所有环节里，只参与"吃"。

做饭难吗？

难啊，因为要完成一个闭环。从备菜开始，中间有无数细碎的"小活"，最后才是"吃"，在任何一环偷一点懒，"火候"就不对了。所以，就算是同一道菜，一万个人做出来，就是一万种味道。

你爱一个人，也如此。

你会心动，会心疼，会心安，但是这都不叫爱。

爱是一个闭环。

从乍见之欢到久处不厌。

有欣赏，有暧昧，有试探，有告白，有思念，有承诺，有抱怨，有失望，有误会，有瓶颈，有倦怠，有离别，有重逢，有余生……心疼贯穿所有行动环节。

我的意思是，你光看菜谱，是学不会做菜的。

你只有亲自站在灶台前，起锅烧油，在烟火里，一点一点打磨自己的步骤，有手忙脚乱的开始，也有得心应手的那天。

你跟一个人，经历开心、经历磨难、经历抉择，有福同享、有难同当，完成爱的闭环，那时你才懂得爱一个人的全部含义。真正的心疼，是我带着所有的诚意，参与你的人生。

有一天，我是说，有一天，你们在爱的闭环里，完成了分工。

一个备菜切菜，一个起锅烧油，你望向他时，他正在望向你。他突然紧张地说："完了，我忘记蒸米饭了。"

没关系，那就煮一碗面吧。

鱼香肉丝盖面，也挺好吃的。

然后，你往锅里加水，另开了一个灶。

怎么说呢?

你刚好温柔,他刚好成熟。面铺在盘底,上面盖上一铲子鱼香肉丝,我建议,再开一瓶可乐。

好像爱就是如此吧。你愿意去完成一个闭环,你就会在下一个环节里找到答案。不用急,不用慌,哪怕你此刻正在经历最难的一环又如何,厚积薄发,大器晚成,终有一刻,翻炒再翻炒,就可以盛盘了。

爱一定会完成最浪漫的闭环,不是我坚信,而是我知道,进一步有一步的欢喜。

咸鱼饼子：异地恋那么辛苦，为什么还要谈？

◇ 其实，把所有阻止你们双向奔赴的原因都写下来，一个一个划掉，留到最后的那个，无论多么离谱，都是真相。

◇ 爱不是一时心动，不是一时感觉，是一世责任。责任会让两个人双向奔赴，所以，山有路可行，海有舟可渡，粥有南瓜小米可熬。

西蓝花开了一家"爱情招待所"，在冰箱三层。

那天，来的第 18 个顾客是咸鱼饼子。

咸鱼饼子问："异地恋那么辛苦，为什么还要谈？"

西蓝花说："月亮离我们那么远，不影响我们喜欢它，但是你也知道，喜欢没用。它亮不亮，与你无关，却影响你的心情。"

其实，把所有阻止你们双向奔赴的原因都写下来，一个一个划掉，留到最后的那个，无论多么离谱，都是真相。

怎么说呢？

那天，你们相爱，爱神问："你们想要一个什么种子？"

他知道你喜欢西瓜，笑着说："西瓜籽。"

"好嘞。"

你们领了一个西瓜籽，开心地种下，可上心了，浇水、施肥、松土，眼瞅着小芽破土而出。那天，你们举办了破土仪式，你唱歌，他跳舞，玩得很开心。

瓜秧越来越旺盛，开始蔓延。

叶子越来越大，越来越密。

有一天，他突然意识到，这不是西瓜。

你笑着说："是南瓜，你最喜欢的南瓜。"

你以为他会开心，可是，一开始他是按照种西瓜来计划的啊！你可曾想过，他幻想过一个怎样的夏天，有你、有 Wi-Fi、有空调、有西瓜。

回不去了。

我的意思是，沉没成本太高了。

舍不得过去的甜蜜，又深知当下没有美好的小米配得上这南瓜。当初你们对异地恋的困难嗤之以鼻，多大点儿事儿，不就是远点儿嘛，所爱隔山海，山海皆可平。

现在呢？

你们之间隔着的从来不是距离啊！你知道"先婚后爱"吗？

就是说，两个人结了婚，有了文明的约束，有了道德的边界，懂荣辱、知廉耻，所有诱惑有了代价和成本，最重要的是两个人共享责任。

爱不是一时心动，不是一时感觉，是一世责任。

责任会让两个人双向奔赴。所以，山有路可行，海有舟可渡，粥有南瓜小米可熬。

你跑向那个人的时候，他比你跑得还快；你拥抱他的时候，他比你抱得更紧。没办法，这就是责任的力量。

你还记得一开始的南瓜吗？

两个负责的人，别说南瓜了，就是地瓜、丝瓜、黄瓜，都会种下去，重要的从来不是种什么，而是一起啊！可是，异地的那几年，大家都装傻。

不敢深聊下去，万一种的是苦瓜，怎么办？都不敢做决定，所以就拖着。

其实，看见瓜秧，就知道了；其实，看见瓜叶，就知道了，没必要一直等到结果。只是，谁都不愿意做那一个及时止损的人，都在等对方先开口。

是苦瓜啊。

你想起，最初相爱那一天，爱神问："你们确定要种苦瓜吗？"

你们拍着胸脯，异口同声地说："要。"

拿到种子那一刻，你们望着彼此，心怀诚意、热情、信心。年轻人嘛，心气高，发誓要把一个苦瓜种成甜瓜。每天短信不断，电话不断，视频不断，分享着各自生活的点点滴滴。

那瓜秧越来越茂盛了。

有一天，他忙；有一天，你忙。一天不联系没关系，他会理解；三天不联系没关系，她会理解。

然后呢？

分享不等于参与啊。

其实，一开始你们就知道，种瓜得瓜，种苦瓜得苦瓜。收获苦瓜没关系啊，这些年你们攒了多少糖、多少油盐酱醋，明明是丰收的季节，你干吗哭呢。

苦瓜不是一开始自己选的吗？

凉拌也行，小炒也行，懂了吧，浪漫的自始至终都是责任心啊！

白萝卜：我应该为了对方改变自己吗？

◇ 你的爱拂过哪里，哪里便是春暖花开。
◇ 我们只能跟与自己契合的人在一起，你的善良、你的向下兼容、你的爱，只能赠予识别出来的人。
◇ 允许不合适的人离开自己的生活，这是爱教给你的第一课。

西蓝花开了一家"爱情招待所"，在冰箱三层。

那天，来的第 19 个顾客是白萝卜。

白萝卜浑身是洞，一脸疲惫地坐在椅子上，不说话。

西蓝花见状，问："你这是搞什么，怎么给自己扎了这么多洞？"

白萝卜有气无力地说："我想变成藕，失败了。"

西蓝花问："好好的，干吗学藕呢？"

白萝卜说："排骨喜欢炖藕。"

西蓝花说："傻不傻啊，你炖牛腩不香吗？干吗要去讨好排骨呢？一个人能忍住不联系你，只说明一个问题，4 个字：买椟还珠。"

白萝卜愣了一下，问："什么意思?"

西蓝花说："楚国有一个商人，打算把珍珠卖到郑国，为了卖上好价钱，他找木匠设计了超级漂亮的木盒，又找雕刻师在木盒上刻下了美丽花纹，又找香料师把盒子熏得香气迷人，最后才把珍珠放进盒子里。"

到了郑国，一下子就有很多人聚拢过来围观，生意好得不得了。可是买下盒子的人呢，打开盒子以后发现有一颗珍珠，然后就把珍珠还给了楚国商人。

人没法想象出从未见过的东西。他能忍住不联系你很正常，他不懂，浪漫的从来不是爱，而是你。

你看，他把你的时间还给你，还给你的睡眠，还给你的月亮，还给你在朝阳里的奔跑，还给你一页一页的阅读，还给你小火慢炖的清汤火锅。

我的意思是，你才是大宝贝。你的爱拂过哪里，哪里便是春暖花开。他啊，不过是你在三千弱水里，取的那一瓢饮，浇给了你所热爱的花鸟鱼虫，还有林深处的那一只心动的小鹿。他啊，注定无法拥有感知不到的幸福。

所以，欲望的潮水退去时，也把他带走了。

白萝卜失落地说："可是我不想失去他。"

西蓝花说："你要搞明白，什么是盒子，什么是珍珠。"

你的爱闪耀、澎湃、浪漫，他识别不出来很正常，那就说明你的爱不是为他准备的。喜欢啊，爱啊，你说谁能克制住自己，就是恨不能天天见面，就是超级无敌喜欢黏在一起。

爱怎么能藏得住呢？藏在哪里？

藏在漂亮的木盒里，你满怀欣喜地把盒子给他，人家夸赞你的盒子金光闪闪，香气扑鼻，真是精致啊。

一打开，里面是什么啊，然后把爱拿出来还给你了。

你得接受一个现实，我们只能跟与自己契合的人在一起，你的善良、你的向下兼容、你的爱，只能赠予识别出来的人。

他不是忍住不联系你，而是把更多的精力，投入他认为值得的东西上面。在这个值得他投入的事情的排序里，你的爱对他是一种打扰。人家聪明，所以主动切断与你的联系。

人家要的是情绪价值，是召之即来、挥之即去的快感，你却给人家爱，给人家幸福。别闹了，这是一场高端局，没有爱的能力怎么接？

接不住的。

你努力向他解释什么是爱，很心酸，很辛苦。

允许不合适的人离开自己的生活，这是爱教给你的第一课。不要浪费自己的爱意，对于没有回应的爱，你以为你在抄底，也许你在接盘。一段关系，以爱神的姿态降临，以凡人的背影告别，很正常。

不联系就不联系吧。你以为失去了排骨汤，但其实你的佳偶是大酱，我懂，你本将心比明月。

肆

拥抱的力量

人生有很多时刻挺艰难的，正是有了这么一个人，你才有安全感、有底气，有人撑腰，你就敢跟生活碰一碰。

豆瓣酱：安全感是怎么产生的？

◇ 安全感是你的爱产生的，不是别人赠予的爱产生的。
◇ 你要，不一定是你缺，而是你有什么东西也想跟对方分享。
◇ 你之所以敢要，就是因为那个人给你创造了一个安全的场景。
　面对让你失望的人，你只会笑着说不需要。

西蓝花开了一家"爱情招待所"，在冰箱三层。

那天，来的第 20 个顾客是豆瓣酱。

豆瓣酱说："那天，我想到一段话。一个人在两性关系里不能伸手索要爱和性，索要本质上是缺失安全感，爱和性本身不产生安全感，只是安全感的搬运工。"

我给你举个例子，他有 10 块糖，你要一块，他给了，就剩下 9 块。你一直要，一直要，他会被吓跑的，手里的糖低于 5 块时，他会心慌的，你懂吗？安全感被转移了。

那安全感是怎么产生的呢？

自愿赠予。你有，你愿意给，注意，这里有一个小细节，你的给予不需要回报，你给的那一刻就很开心。安全感是你的爱产生的，不是别人赠予的爱产生的。

你给流浪的小猫喂火腿，你给搬家的蚂蚁喂饼干屑，你给路边快要枯萎的花浇水，你的爱有强大的气场，你的爱赋予别人巨大的力量，你的爱在你手里源源不断地产生。

这就是强大的安全感。

一旦赠予被贴上"以物易物"的标签，贴上"期望回应"的标签，贴上"超值回报"的标签，等待回应本身就变成了安全感的消耗。

西蓝花说："你看，这里有两杯可乐，你能分辨出哪一杯是百事可乐，哪一杯是可口可乐吗？"

盲测的前提下，绝大多数人分辨不出来。可是，贴上标签后，有些人就是喜欢百事可乐，有些人就是喜欢可口可乐。尽管如此，不影响这世上还有一拨人，喜欢崂山可乐。

你说哪一种才叫可乐呢？

我承认，如果你有源源不断的可乐，就会过得很开心。可是，那个人给你的爱是炸鸡。

这就是两个人在一起的意义。你们一起喂流浪猫，一起看蚂蚁搬家，一起给枯萎的花浇水。你要爱，你要性，你要的就是这种参与，他制造了一种新的快乐。

被爱是另一种安全感。

你要，不一定是你缺，而是你有什么东西也想跟对方分享。你有可乐，对方有炸鸡，凑一块儿很搭啊。

你应该不会傻到要对方没有的东西。你要亲亲、抱抱、举高高，很好啊，我的意思是，你要的，都是对方可以够到的。所以，对方给的那一刻，会感受到被你需要的安全感。如果两个人在一起，没有强烈的互相需要的感觉，那在一起干吗呢？

在一起，不就是要体验两个人的快乐吗？你之所以敢要，就是因为那个人给你创造了一个安全的场景。你知道你一定会得到，所以你才任性，你才撒娇，你才耍无赖，被偏爱的人才有恃无恐。

面对让你失望的人，你只会笑着说不需要。

你看，你真懂事啊。

是啊，会哭的孩子才有糖吃。

可是，一个人怎么会不需要爱，不需要性，不需要安全感呢？不过是，从前的失望太多了，习惯了不在另一个人身上找答案。

可是，你得知道，爱就是表达需要。你看，那么多的关系——相逢、告别，甚至不告而别，其实都是不需要的。你啥也不要，啥也不图，不期待、不依赖、不迷恋，也不需要他。我们只会让需要的人、事、物出现在自己的世界里。

因为互相理解，你们才是一路人；因为互相支持，你们才能走得更远；因为互相成就，你们才制造了不同于一个人的快乐；因为互相需要，你们才成了彼此的力量，才有了后来的一切。

人生有很多时刻挺艰难的，正是有了这么一个人，你才有安全感、有底气，有人撑腰，你就敢跟生活碰一碰。

干炒牛河：怎么委婉地表达我想你了？

◇ 去做一件事，让这件事把你们拽入恋爱这个赛道，否则永远有忙不完的工作。

◇ 一个人得鼓起多大的勇气，才敢说那句"我想你了"，思念被接住的那一刻，就有多浪漫。

西蓝花开了一家"爱情招待所"，在冰箱三层。

那天，来的第 21 个顾客是干炒牛河。

干炒牛河问："怎么委婉地表达我想你了？"

西蓝花说："一般三句话。"

想过去，把往事搬出来。

比如说，我刚翻相册，看到咱们上次出去玩的照片，时间过得真快啊！

想现在，把此刻分享给你。

比如说，我正在吃小笼包，圆鼓鼓的，和你一样可爱，要是你在身边就好了。

想将来，把你纳入未来计划。

比如说，我们周末一起去抓娃娃，我知道一个地儿，成功率很高。

可是，你知道啊，这年头大家都在辛苦工作，即便是住在同一个屋檐下的夫妻，一起出去好好玩一次，也是奢侈啊。

不要委婉。

想了就说啊，你说了，才有机会得到对方的回应。

去做一件事，让这件事把你们拽入恋爱这个赛道，否则永远有忙不完的工作。爱就是为你有空，爱就是忙里偷偷想你，爱就是大大方方地说出来。

从前啊，我如你一般，害羞、委婉、迂回，享受慢一点的时光。现在不行了，"打直球"，最过瘾了。

你打了，对方才能接住。

你知道吧？让人累的，从来不是我一个绝地扣杀，你一个大力发球，而是频频地去捡球啊。

更离谱的是，你打出去的是网球，他拿的是乒乓球拍。

玩不到一起，最扫兴了。

你看，你想一个人，是不是要拿出时间来想？其实，同等的时间里，你可以去爱，我的意思是，你可以问一句："你现在忙不忙？我想听听你的声音。"

爱嘛，就是得寸进尺。

一个人愿意为你有空，你还只知道打字呢？

去见面啊。

一个人得鼓起多大的勇气，才敢说那句"我想你了"，思念被接住的那一刻，就有多浪漫。

得替自己勇敢一把啊！

你知道吗？人这一辈子，做得最傻的事，就是进行没有受益者的付出。你看，想一个人，谁受益了？他吗？你没抵达，人家不知道啊。你吗？你不是抓心挠肺，正难受嘛。

想念这东西吧，每个人的感受不一样。

你看，干炒牛河，放辣吗？

放啊。

那是你的选择。

不放。

那是他的选择。

我的意思是，没必要一开始就做一锅辣味的干炒牛河，你知道的，他不习惯吃辣。

倒不是让你受委屈，而是，吃辣的人可以后面往自己碗里加辣啊！你看，桌子上新炸的红油辣子，多香啊，想加多少随便你。

懂了吧，思念有先后，术业有专攻，江湖规矩，谁撑不住了，谁先说。害羞的人，怎么能好好享受爱情呢？

这世上，从来没有一条叫正确的路。

倒是有一条路叫，你选择的那条路。你选择了，体验了，祛魅了，这叫经过。而那条你没选择的路呢，不过是当初的一个干扰选项。

所以，现在你那么想念一个人，想见他吗？

干扰选项是什么？

你会怎么选？

不急，拿出一枚硬币，选一面，抛向空中。

答案不是你接住硬币时出现的那个，而是你把硬币抛向空中时，心里期待的那一个。

你想念一个人，别人也想念你，不过是硬币的两面，而接住彼此的想念同样浪漫。所以，他发哪一条信息不重要，重要的是，那一刻，你也在想他。

小笼包：到底怎样才算心疼？

◇ 心疼是要共享命运的，心疼是要背负因果的，心疼是最高级的
  爱意。
◇ 其实大家都一样，要的不多，被心疼一下，就能在生活里摸爬
  滚打好久。

西蓝花开了一家"爱情招待所"，在冰箱三层。

那天，来的第 22 个顾客是小笼包。

小笼包问："到底怎样才算心疼？"

西蓝花说："那天，下大雨，你看见一只小猫被淋得很
惨，你撑起自己的伞，陪它等到雨停。"

是心疼吗？

准确地说，这是慈悲，因为你善良，不忍看它受苦。

心疼是什么？

你把它带回家，给它冲了一个热水澡，热了牛奶和火腿，
从此，它走进了你的生活。

心疼是要共享命运的，心疼是要背负因果的，心疼是最高

级的爱意。

你说两个人在一起，图什么？

有人疼。

你受委屈了，有人给你出气；你被欺负了，有人给你撑腰；你无聊了，有人花时间陪你找寻人生的意义。

谁不希望有人疼呢？

我看到一个故事，讲给你听。

一个出租车司机说，那天，他过生日，跟老婆和丈母娘一起去吃小笼包。

到了小笼包店，好多人在排队，没地方停车。

也不是没地方停车，只是停车场收费太贵了。

他开车走了很远，终于找到一个免费停车位。

停好车，他走回小笼包店。

看到老婆和丈母娘在队伍旁边站着，他走上前去安慰说："没关系，很快就轮到我们了。"

他老婆说："我们已经吃完了，等你很久了。"

等你很久了。

可是，他看到老婆和丈母娘两手空空，都没有打包。

他说："那好吧，你们再等一会儿，我去把车开过来。"

他老婆说："不用了，我们打一辆出租车走。"

随后招手拦了一辆出租车，就走了。

可是，他就是开出租车的。

那天，他都已经忘记自己还没有吃饭，一直开车到天亮。其实，他要的不多，哪怕是打包的一屉小笼包呢。有人疼和没人疼，人生的差别太大了。

你知道他一天能赚多少钱吗？300块，要跑10个多小时。辛苦吧，辛苦的是没人看见他的苦，没人理解他的苦，没人心疼他的苦。

你懂我的意思吧？其实，那场倾盆大雨里，很多人看不见那只淋雨的猫。

看见需要共情，共情是一种能力。有些人结婚几年，甚至十几年，都是看不见自己伴侣的。

理解就更难了。

人和人之间本就隔着一个鸿沟，那天，大雨填满了沟，又有多少人，有勇气和能力游到对面的岸边呢？对爱的渴望，让你频频陷入汪洋大海，到最后，你不得不认清现实。苦海无边，回头是岸，你还是要回到自己的岸，找到当初那个怦然心动的自己。

后来，那个出租车司机遭遇人生不测，在生死关头他很平静地讲完故事，最后感慨，如果当天能活下去的话，他一定要去吃小笼包。

哪有什么突如其来的"破防"，不过是那天集齐了所有失望。

一个生活很苦的人，需要很多糖才会甜起来吗?

不是啊。

一块就够了。

他知道有人疼他，一切都会好起来的。

当他被心疼着，所做的一切就有了支持，有了奔头，有了力量。人活着，就是会找意义，哪怕是阶段性的意义也好，至少那一刻不慌。

其实大家都一样，要的不多，被心疼一下，就能在生活里摸爬滚打好久。谁也不是天生就有勇气和胆量，不过是，先有了想要守护的对象。

我心疼你，我的意思是，我要守护你一辈子。

叉烧肉：征服一个人的心，靠什么？

◇ 让花成为花的，不是花本身，而是你在花身上投射出来的自己。
◇ 真正的征服，从来不是得到什么，你太想赢，太用力，注定会输得很惨。
◇ 回头看，你走向那盆真花的过程，不过是在准备接纳一个真实的自己而已。

西蓝花开了一家"爱情招待所"，在冰箱三层。

那天，来的第 23 个顾客是叉烧肉。

叉烧肉问："征服一个人的心，靠什么？"

西蓝花说："一个字，真。"

你用什么对待人家，将来就会有什么回到你身上。

能量守恒嘛。

你看，阳台上有两盆花，一盆是塑料花，一盆是真花。

有什么区别？

你在真花身上投入了大量的情绪，所以，你懂它的春夏秋冬，你为它开花而心潮澎湃，你为它落叶而伤春悲秋。

那真花，春天从你这里拿走希望，夏天从你这里拿走担忧，秋天从你这里拿走喜悦，冬天从你这里拿走心疼。

塑料花呢？

情绪稳定。

它什么都不要，或者说它也不需要你。

哪一个让你牵肠挂肚，很清楚吧？让花成为花的，不是花本身，而是你在花身上投射出来的自己。

它需要你，你会上瘾吗？

不会。

是一起克服命运刁难的经历让你上瘾。你看到它缺水了，你看到它招虫了，你看到它枯萎了，你们同甘共苦，你们互相支持，你们彼此理解。后来，它的花开了，你的心开了。

你们得到了彼此的真心。

可是，真心也可能会被辜负吧？

不是真心被辜负了，是你的期待落空了。

一开始你对他有期待，你浇水、施肥、修枝、剪叶，全是真心，可是这真心的落脚点，是你期望他开出一朵你想要的花。

你不了解他吗？你对他的好就是一种负担。

他怕开出一朵菊花会让你失望，所以，他迟迟不敢继续往前走一步，你以为水不够、肥不够，其实是爱不够。

什么叫爱？

格物致知。

譬如种花，要知道它属于哪类植物，它的品种，以及生长环境、生长规律，这些是事物本身的属性。

然后再求这个 "理"，譬如人们为什么给每种花取一个花语？慢慢地你便懂了，种花的乐趣，远远大于那朵花开的那一刻带来的喜悦。

后来呢，你遇见一个人，了解这个人的过程，便是爱。

你有多了解他？

不要看他简历上写了什么，要看他平时的生活习惯。

他喜欢吃什么，去过哪里，看什么书，爱过什么人，碰过什么坎，欠过什么债，擅长什么，讲起什么两眼放光。

你遇见他时，是夏天，真诚、炙热、明亮。可是啊，爱一个人，要走过一个完整的四季才有判断。我的意思是，你至少要见过他经历一次荣枯的过程。

后来，你征服了那个人吗？

不，是你借助那个人了解爱，征服了自己想要什么的欲望。

真的东西假不了，假的东西真不了。

你拿真的自己去碰，碰到的都是真实的感觉，真相不会让你痛苦；你拿假的自己去试探，得到的都是谎言，谎言让你痛苦。

你握着塑料花，看上去得到了永恒，其实，你失去了春夏秋冬。

真正的征服，从来不是得到什么，你太想赢，太用力，注定会输得很惨。

所有亲密关系里，有且只有一种征服，就是你拿真的自己，去体验春种夏长、秋收冬藏，在走向自己的一场长征里，找到让自己最舒服的节奏。

回头看，你走向那盆真花的过程，不过是在准备接纳一个真实的自己而已。

在这一场延迟满足的爱里，你是另一个维度上的花，花是另一个维度里的你。谁想开了，谁先开。

豌豆：爱情和前途哪一个更重要？

◇ 你的光明前途里，一定有一个与你旗鼓相当的人，为你的优秀鼓掌、欢呼、骄傲。

◇ 你可以站在原地等等他，但是你不能跑回去找他，你走的每一步都算数，不能作废。

西蓝花开了一家"爱情招待所"，在冰箱三层。

那天，来的第 24 个顾客是豌豆。

豌豆低着头，闷闷不乐。

西蓝花问："你不是刚刚获得'大战僵尸'比赛的最佳射手吗？拿了冠军，还不开心？"

豌豆问："爱情和前途哪一个更重要？"

西蓝花笑着说："你首先是冠军，其次才是他的小公主。"

谈恋爱可以，但你得清醒。一个人爱你，三观必须正，必须与你吻合。如果他本质上是软弱的、自私的、胆怯的、遇到问题就逃避的，再爱你，你都不要犹豫，趁早走开。因为关键时刻，懂事牺牲的那个，一定是你。

你要爱一个本身人品就很好的人，他身上要有优秀的品质，就算最后你们没有在一起也没关系，他用他的担当、善良、温柔，照亮过你。

一定要远离没有"配得感"的人。

什么叫"配得感"？就是说你喜欢一个人，你相信自己的爱配得上；你做一份工作，你相信自己的能力配得上；你拥有一笔财富，你相信自己的品德配得上。

没有"配得感"的人，第一反应永远是抱怨环境、打压爱人。比如，你想考研，他给你的反馈是，你不行。你想换一份工作，他给你的反馈是，你不行。当你奔向一些美好的事，他永远给予你悲观的评价，认为你不行。

本质上，是他觉得配不上你，害怕一旦你变好了，就会抛弃他。所以，他会尽一切能力把你拉到与他同等，甚至低于他的水平。如果有一天，他侥幸比你高一头，就会抛弃你，因为他觉得你"配不上他"。

骨子里没有"配得感"的人，通过压榨对方的爱，来获得自我安全感，不分性别。

请你记住：当男人敢跟你说这句话——"你不行"时，他就已经不在乎你了，一个处处打压你的人，怎么能允许一个比他优秀的人存在呢？

豌豆叹了一口气，说："我以为他会恭喜我，会为我自豪。"

西蓝花说："他的自尊不允许他承认别人优秀。"

你问爱情和前途哪个重要，其实那不是单选题。

你的光明前途里，一定有一个与你旗鼓相当的人，为你的优秀鼓掌、欢呼、骄傲。你曾经引以为傲的爱情，也会因为不停被否定、被打击、被贬低，成为一片废墟。

你我都知道，在废墟之上开出一朵花，有多难。

豌豆问："我有什么办法可以帮助他吗？"

西蓝花说："一个人掉进泥坑，如果他有求生的欲望，你拉他一把，他会努力往上爬。可是，如果他想把你也拽进泥坑，你怎么救他？"

爱能治愈的，是愿意自愈的人。

"配得感"是要通过努力上进才能获得的一种能力，不是你给对方"安全感"，对方就瞬间拥有的超能力。

你给他一个"安全饼"，套头上，一口就能咬到，安全感十足了吧，他吃了一口又一口。可是，有一天，他依然冲你大吼，问你为什么不给他饼。你看那饼，只要转一下，就可以吃到。

他不会啊。

不分性别，爱治愈不了没有"配得感"的人，爱只会激活本身就有爱的人，爱只能照亮一路同行的人。你可以站在原地等等他，但是你不能跑回去找他，你走的每一步都算数，不能作废。

你可以是他的小公主，但前提是他得是王子啊。同样的道理，你一定会找到属于你的王子，前提是你是公主，这样你才能认出来谁是王子。你值得被爱、被尊重，因为你配得上。

黄焖鸡：离婚后我好像对婚姻失去了信心，怎么办？

◇ 婚姻呢，不过是一个壳子，里面装满了日子。这日子，有苦有甜，有聚有散，很正常。

◇ 日子是你过出来的，不是婚姻赋予你的。

◇ 没有哪一次选择，可以定义你完整的一生。

西蓝花开了一家"爱情招待所"，在冰箱三层。

那天，来的第 25 个顾客是黄焖鸡。

黄焖鸡问："离婚后，我好像对婚姻失去了信心，感觉不会再爱上别人了。"

西蓝花说："被爱本就是一件可有可无的事。"

吃姜吗？你吃，姜在黄焖鸡里就是调味剂；你不吃，姜对于味道就是一种干扰。

真正厉害的人，自己的味道就足够精彩，其余的就 4 个字：可有可无。

《道德经》里说"有无相生"。什么意思？

你爱上一个人，你们有一个住所，这是家。

家是什么，四面墙一扇窗，你看得见，叫"有"；你居住的地方是一个空间，空间里充满爱，你看不见，叫"无"。

你看，桌子上有一个花瓶，你看得见，叫"有"。花瓶中间是空的，叫"无"，你插进去一朵花，这便是日子。

灶台上有一个锅，你看得见，叫"有"。中间也是空的，你拿来焖了一只鸡，这便是日子。

老子说："故有之以为利，无之以为用。"

"有"是为了方便，而起作用的是"无"。

婚姻呢，不过是一个壳子，里面装满了日子。这日子，有苦有甜，有聚有散，很正常。

有一天，家没了，花瓶没了，锅没了。

怕什么呢，你失去的是"有"，留下的是爱，日子是你过出来的，不是婚姻赋予你的。

准确地说，你想做一份黄焖鸡，那天突发奇想：要不要加个毛肚呢？加啊！你体验了，那不叫错了，也不叫失败。

加毛肚和不加毛肚，都是为了体验那一口滋味。

后来，鸡腿归黄焖鸡，毛肚归毛血旺，两道菜没有被端到同一个桌上，并不是遗憾，而是各自有各自的宴席。

不要着急否定自己，就像一道菜失误了，并不是就完蛋了，影响心情，但是不影响吃饱。人生漫长，你有你的三菜一汤。

中餐美妙，就美妙在"火候"二字。

每个人的火候不一样，有人喜欢甜辣口，有人喜欢咸鲜口，都没有错。有人把黄焖鸡做成了土豆炖鸡，也没关系。

懂我意思吧，开心就好，吃饱就好，爱自己就好，你说谁的菜更地道、更正宗呢，不重要，自己喜欢最重要。

你离开一段亲密关系时，不要觉得土豆没有了，鸡腿没有了，这只是"有"消失了，你的"无"并没有，你会黄焖的做法，能"无中生有"。

不用慌，不远处就有菜市场，你还是能够凑齐你想要的食材，做出你想吃的那道黄焖鸡，也可能是黄焖大虾、黄焖猪脚、黄焖鱼，谁知道呢？

小时候，你以为最重要的那次考试，你考砸了，后来又怎样呢？长大后，你以为最重要的那一次面试，你迟到了，后来又怎样呢？

没有哪一次选择，可以定义你完整的一生。

只要你愿意幸福，谁能阻拦你？饿一会儿，没关系的，我的意思是，随便往哪个方向走几步，你就能碰到菜市场，有早市、有晚市。只要你愿意，好饭不怕晚。

或者说，你的饿增加了那一顿饭的情调，你的饿碰上了刚出锅香喷喷的鸡腿，让美味来得更猛烈。

有谁会拒绝一份双向奔赴的爱意呢？

美好的东西都值得等待，那是火候啊！欢迎来到爱的"苏轼（舒适）"圈！苏轼说："待他自熟莫催他，火候足时他自美。"

伍

纠结的爱

爱是往上走的，一步一步，如果你不想解决问题，无论再遇到谁，都不过是把低段位的爱重复一遍。不要终其一生，只待在「青铜局」，你配得上高端局里的王者之爱！

土豆：为什么恋爱后他好像对我不上心了？

◇ 光凭一腔爱意难以撑起一段亲密关系，你要准备好多好多方案，
  以应对生活随时抛来柴米油盐的刁难。
◇ 你体验一段关系，其实到最后，体验的都是自己付出爱的过程。
  你在一步步修正你们之间的落差，直到你遇见完整的自己。

西蓝花开了一家"爱情招待所"，在冰箱三层。

那天，来的第 26 个顾客是土豆。

土豆直白地说："我感觉，他好像不爱我了。"

西蓝花问："有什么迹象吗？

土豆说："他以前秒回我的信息，他以前周末喜欢带我出去玩，他以前会给我买礼物，他以前……"

西蓝花打断土豆，问："这种状况多久了？"

土豆说："恋爱以后吧。"

西蓝花说："正常。"

这种感觉叫落差。

恋爱在确定关系前后，都会有一个落差。你感觉他好像对

你不上心了，其实是他有了更高的目标，比如结婚。

你知道的，光凭一腔爱意难以撑起一段亲密关系，你要准备好多好多方案，以应对生活随时抛来柴米油盐的刁难。恋爱的过程，就是不断修正落差的过程。

你看，那天你遇见他，好酷的西红柿，你们都圆滚滚的，这简直就是命中注定。你们一起滚啊滚，玩得不亦乐乎。可是，终有一天，他变成了番茄酱，如果那时你还停留在土豆的阶段，缘分就结束了。

你也要努力成为滚烫酥脆的薯条，那样和他才是绝配啊！爱就是旗鼓相当的成长，拾级而上。你说他不爱你了，有没有可能是因为他站在了第二阶，你还在第一阶，那么自然不理解第二阶的爱是什么感觉。你要努力蹦一下，站在第二阶上。哦，原来这爱，一直在汹涌啊，而且将涌向更远的地方。

那些分开的爱人，是缺少沟通。你很努力，成了土豆丝；他也很努力，成了番茄块。但就差一步啊，你们无法理解彼此的爱意，把对方推开了。后来，你遇见青椒，成了酸辣土豆丝；他遇见牛腩，成了番茄牛腩汤。

如果当初你们能不那么倔强，现在也不那么遗憾，再往前走一步，你煎一下，他熬一下，便是薯条遇见番茄酱。

可是那天，你们的落差太大了，谁都没有解释，都以为对方不爱自己了。

这就像《麦琪的礼物》里的故事。

女主人有一头漂亮的秀发，男主人有一只断了表带的手表。那天，他们都想给对方一个惊喜，女主人剪掉头发换来一条漂亮的表带，男主人卖掉手表换来一把漂亮的梳子。

如果你多嘴问一句"你还爱我吗"，是不是结局就是另一个样子？

爱不是收集失望，而是修正落差。你说谈恋爱最大的诚意是什么，就是都有嘴，有疑惑就问，有误会就解开，有委屈就说出来。不要担心对方接不住你的情绪，确定恋爱关系那天，我们默认有福同享、有难同当。

土豆说："原来他一直在为我们的未来而努力，可是我还停在他说'做我女朋友好吗'的那一天。"

西蓝花问："你还爱他吗？"

土豆挺直胸脯说："爱。"

西蓝花笑着说："我们生来一无所有，遇到一种关系，就是捡到一个碎片。捡到一片粘在身上，又捡到一片，再粘上，一直捡啊捡。后来，你一身耀眼的光，而那个让你奋不顾身付出爱的人，便是画龙点睛。"

你体验一段关系，其实到最后，体验的都是自己付出爱的过程。你在一步步修正你们之间的落差，直到你遇见完整的自己。

爱有落差，有时是感受不到的。我的意思是，太阳每天照常升起，站在山顶上的人，最先感受到。

小米辣：他慢慢冷落我，我应该主动找他吗？

◇ 汹涌的爱意，一定要给出去，给能给你正向回应的人。
◇ 没有人可以从别人那里换到爱，你只能自己产生爱。
◇ 与其站在原地苦恼他为什么冷落你，倒不如往前走一步，走一步就有一步的快乐。

西蓝花开了一家"爱情招待所"，在冰箱三层。

那天，来的第 27 个顾客是小米辣。

小米辣呜呜地哭，西蓝花拍着她的肩膀，小声地说："受委屈啦？"

小米辣说："他慢慢冷落我，我受不了。他既不说分开，也不愿意和我好好相处，可能他觉得失去我有点可惜，毕竟我还喜欢他。他赌他吃定我了，我被爱卡住了。"

西蓝花叹了一口气说："可是啊，爱意本就起起伏伏，爱你时，红油翻滚，肥牛随便涮，尽兴而起，吃多了也腻啊。所以，此刻涮茼蒿、娃娃菜是解腻，干吗意难平呢？没有谁的爱会一直汹涌，但它汹涌时只奔向同一个人。"

小米辣摇摇头："他不喜欢吃辣。"

西蓝花说："两个人在一起，最重要的一件事，就是两个字：接受。"

接受缘起缘灭。

你看，那天气忽冷忽热，人很容易感冒的。你改变不了天气，唯一能做的就是在包里放把伞，带一件可穿可脱的随身衣服。你要出门，就要接受天气的变化，阴晴风雨都是一种缘分。

其实，你都懂啊，能量守恒。那天，他没有蘸你调的辣汁，可能是蘸了花生酱。喜怒哀乐，但凡其中一种没有分享给你，就是分享给了别人。对你冷，那就说明，热，给了别人。因为那一刻，有人接住了他的情绪。

不要爱上慢热的人，不要去焐热一颗冰凉的心，不要把耐心给不珍惜的人，不要玩自我感动那一套，爱而不得，不是遗憾啊。缘分来时，不问为什么；缘分走时，不问凭什么。

就两个字：接受。

要的就是这股不扫兴的劲儿，你热，他也热，热火朝天，热气腾腾。汹涌的爱意，一定要给出去，给能给你正向回应的人。不要祝自己一直汹涌、滚烫、热辣，要祝自己"清风徐来，水波不兴"。

我接受，我享受，我耐受，不要难受。

让你产生巨大内耗的关系，不要也罢，你知道的，一个人涮火锅，也很浪漫。

没有人可以从别人那里换到爱，你只能自己产生爱。爱自己，是唯一热气腾腾、开开心心获取爱的方法，爱意随锅起，心沸随心涮，人生得意不过是，"老板，再加瓶冰可乐"。

小米辣说："可是，好难接受，怎么办？"

西蓝花笑着说："你接受什么，什么便不再折磨你；你对抗什么，什么就会一直折磨你。"

你是呛口小辣椒啊，支棱起来，酱油搞一点，醋搞一点，柠檬搞一片，白砂糖搞一点，蚝油搞一点，白芝麻搞一点。我的意思是，当你把人生过得热热闹闹，爱情会有的，小海鲜会有的。

不要把目光和心情都放在他身上，去做你自己。他回来，你无须欣喜；他走了，你不必伤悲。你应该要有除了爱情以外的快乐，还得是源源不断的快乐，而这只有通过热爱生活才能获取。

没有热辣滚烫的火锅，也没关系，在小海鲜的世界里，你也是座上宾。不要为了讨好不吃辣的人，降低你的辣度，你的辣就是你的态度。这确实会吓怕一些人，但是懂你的人，好的就是你这一口，无辣不欢。

与其站在原地苦恼他为什么冷落你，倒不如往前走一步，走一步就有一步的快乐。

有一个词叫"包括但不限于"，美不美？

要的就是这股又飒又美的劲儿，你的快乐，包括他带来的一点点快乐，但不限于他给的快乐。天地广阔，其乐无穷，如果不能"与人乐乐"，那就"独乐乐"。

菜花：他经常不回我信息，怎么办？

◇ 看上去是他忽视你，没有给你回应，其实是你忽视自己，没有说出真正的需求。

◇ 那些没被回复的消息，都有一个共同的特点：几乎不携带有效信息，没有引起对方重视，也没激活对方的表达欲望。

◇ 你觉得这段关系让你不安，原因不在于对方，而在于你没有想好怎么发球。

西蓝花开了一家"爱情招待所"，在冰箱三层。

那天，来的第 28 个顾客是菜花。

菜花看上去很郁闷，问："他经常不回我信息，怎么办？"

西蓝花说："如果被习惯性忽视，你要不停地确定爱在哪里。你在这一段关系里没有安全感，才会如此困扰。"

你们特像一对"乒乓球恋人"。

你发了一个特牛的旋球，希望对方接住，对方接了，但是球没上桌，你没看见，这种情况叫已读未回。

然后，对方发了一个回头球，你也没有接住。

看上去球有来有回，但是没有在两个拍子之间持续不断地往返。你懂我的意思吧，两个人不合拍，节奏不对。一段亲密关系，输赢不重要，重要的是会"喂球"。打直球傻不傻？傻，可是两个人打起来很过瘾。

你要明白，球在你手里，你喂得好，对方一定能接得住。

人很容易陷入自我感动，认为自己很关心对方。"天热了，你要记得防晒。好好吃饭，早点儿睡。明天有雨，别忘了带伞。"就像，一个人掉入泥坑里，路过的人说"你要加油，你要坚强，你要勇敢"，都不及伸出一只手拉他一把。

在对方看来，大多数是无效关心。浪漫的是防晒霜，是土豆牛肉盖饭，是大雨落下时撑在头顶的那一把伞。

看上去是他忽视你，没有给你回应，其实是你忽视自己，没有说出真正的需求。一段亲密关系里，不要做阅读理解，聪明的做法就两个字：直给。一句话一定要携带有效信息，这才是沟通的诚意。

有事说事，不用绕，不用铺垫，爱就在那里。

其实，回头看，那些没被回复的消息，都有一个共同的特点：几乎不携带有效信息，没有引起对方重视，也没激活对方的表达欲望。比如，你明天有空吗？一起吃饭？对方就算回复了，也不过是敷衍一下。

当你把一些决定、包含有效价值的信息、对方关心的事加入谈话里，对方没法逃避，自然会回复你，人只关心与自己相关的信息。

我的意思是，你希望对方怎么爱你，需要你教会他，不要让他猜。你是一段关系的发起者、参与者、维护者，你觉得这段关系让你不安，原因不在于对方，而在于你没有想好怎么发球。

你要赢，还是要让对方接住？

你要明白，爱在于价值、在于流动、在于兼容、在于合拍，爱在你手里，你用真诚、温柔、直白的方式表达，他怎么会接不住呢？

他秒回也好，过了很久回也好，只要他接得住，一定会回。

爱不在对方的回复里，而在自己发球的那一瞬间。

你发一次球，他没接住，没关系的，他会捡回球。他发球，你也没接住，也没关系。节奏需要调试，慢一点、傻一点、幼稚一点，又有什么关系呢，等他接住你的球，等你接住他的球，你们望向对方时，脸上的笑多灿烂啊！

慢慢地，可以接两个回合、三个回合、四个回合，两个人都学会了正确表达爱，真诚、温柔、直白，有来有回，真的好过瘾的。

可是啊，要是一个人没有拍子，你就不要教他了，不是教不会，而是在乒乓球桌上，最起码的诚意是要有拍子。

球在你手里，发给有拍子的人，叫浪漫；发给没拍子的人，叫浪费。

角瓜：一个人怕失去你，说明什么？

◇ 你需要教会他如何来爱你，他会了，感受到爱的乐趣，才是真正的拥有。
◇ 其实，人在爱里大多数的痛苦，都来源于不知道要怎样的爱。
◇ 无谓地抓住、占有，只会消耗你大量的精力，等真正的美好降临时，你提前耗完了力气。

西蓝花开了一家"爱情招待所"，在冰箱三层。

那天，来的第 29 个顾客是角瓜。

角瓜问："一个人怕失去你，说明什么？"

西蓝花说："4 个字，爱而不得。"

你看，一份工作，你怕失去，你怕裁员，说明你的能力可能暂时无法与之匹配。爱一个人也是如此，你怕失去，可能是因为此时你不具备拥有他的能力。你爱，但是不知道怎么得到。

真正的得到，是角瓜炒过一次鸡蛋。

你学会了，弄懂了，就算后来没有鸡蛋，你也不害怕，因为炒角瓜是一种能力，不取决于配菜是鸡蛋还是青椒。

你之所以敢跳槽，是因为能力在你身上；你之所以敢爱一个人，是因为爱在你身上。这才是底气！他害怕失去你，说明此时他配不上你。

他爱你，但是爱不足以让你拥有安全感。你知道那种用三个角固定的沙滩帐篷吗？遮阳吗？遮。可是，怕起风。

他的爱亦如此，那一个未被固定的角，是隐患。

也就是说，在你们的关系里，他没有真正得到过你的爱。对于一道题，你侥幸演算出答案，跟你会做是两码事。缺爱的人，你给他多少爱都没用。

授人以鱼不如授人以渔，这才是爱的本质。

你需要教会他如何来爱你，他会了，感受到爱的乐趣，才是真正的拥有。

在爱里，也有一个"费曼学习法"原则。

什么意思呢？

就是说，你想得到爱，就要告诉人家怎样来爱你，主动表达你喜欢什么、讨厌什么，把沟通的语言换成 8 岁小孩都能听得懂的话，比如我要糖，我要抱抱，我要夸奖，我要鼓励。

把所有你能感受到爱的事，都告诉对方。

你给对方一份"爱我说明书"，对方照着说明书做一遍。一道爱的问题，重要的不是答案，而是你要明白这道题想要考查哪个知识点。你懂了，就算下次爱的问题有了新类型，你依然懂。

万变不离其宗。

你说两个人沟通，沟是什么，怎么通？

角瓜说："最大的沟，是两个人唠不到同一个话题上。"

西蓝花说："其实，人在爱里大多数的痛苦，都来源于不知道要怎样的爱。"

碰到一个对你还不错的人，就接受了。你看，对于中午吃什么，晚上吃什么，你并不能每次都想清楚，到点了，没得选，随便凑合吃点。

你还不会爱自己，又怎么能识别出什么是爱呢？一个人很爱你，怕失去你，那么他给你的爱，一定会变质的。他想控制你、绑住你、利诱你，或者给你设置一个离开的代价恐吓你，以此让你不要离开。这还算爱？

你一定要明确拒绝，说你不要这样的爱。

那你到底想要怎样的爱？

我告诉你，胜任的爱。

你能胜任，你能做好，你能感受成就和乐趣，你能从中有所学。不疲惫，不焦虑，最重要的是不内卷。你的所做皆有回报，你的所为皆有回应，你知道你的价值并引以为傲。

不要害怕失去，能失去的都是一个执念，当这念头不再折磨你，你才真正地走出了那个欲望缠身的自己。你看清了自己要什么，你才会真正拥有什么。无谓地抓住、占有，只会消耗你大量的精力，等真正的美好降临时，你提前耗完了力气。

唯有胜任爱人这个身份，你才能开始享受真正的爱情。

木瓜：当一个男人向我索要情绪价值时，我该怎么办？

◇ 结婚并不是一段亲密关系的终止，而是新赛季、新段位，你必须永远保持探索、学习、分享，否则你一旦松懈，你在婚姻里的段位就会往下掉。

◇ 七分爱人，三分爱己。这三分足够你逆风翻盘，足够你再燃起爱意，足够你奔赴下一场热爱。

◇ 这便是极致温柔的爱，用温和的方式引导人自由选择。

西蓝花开了一家"爱情招待所"，在冰箱三层。

那天，来的第 30 个顾客是木瓜。

西蓝花问："当一个男人向你索要情绪价值时，你会怎么办？"

木瓜说："喂饱他。"

西蓝花摇摇头，说："7 分饱。"木瓜不解："为什么？"

西蓝花说："这世上，能让人念念不忘的东西就两类：一是得不到，二是已失去。"

玩过游戏吗？

游戏里有一个很重要的词叫胜率。

你一直赢，没意思；一直输，没意思。怎么才算有意思呢？

游戏背后的机制，控制了胜负率。当你差一点就赢了或者差一点就输了，你的情绪价值被拉到极致，输赢的次数维持在一个比率上，这个临界点，就是上瘾点。

输了你想赢，赢了你怕输。

从青铜到王者，从恋爱到结婚，都有段位，你怎么能永远期待、永远热爱？在得到与失去之间来回摆动，人跟人的关系的美妙，也在于此。

结婚并不是一段亲密关系的终止，而是新赛季、新段位，你必须永远保持探索、学习、分享，否则你一旦松懈，你在婚姻里的段位就会往下掉。

可是什么时候才算白头偕老呢？

不知道，你只有真正爱他，直到金婚、白金婚、钻石婚。这一辈子，吵吵闹闹，嘻嘻笑笑，你对他的感情永远维持在对一个人上瘾的悲喜率上。

吵架时，你真的想过分手，可是拥抱时，你也真的想过一辈子。

木瓜问："这是不是情绪价值的极限拉扯？"

西蓝花说："你不要赌一个人永远爱你，你赌的是人性，你要赌你永远不后悔。"

七分爱人，三分爱己。

这三分足够你逆风翻盘，足够你再燃起爱意，足够你奔赴下一场热爱。所以，此刻你才爱得有底气，不怕输，可以赤诚、热烈、果敢、坦荡。那七分，没事儿，给他。

输赢看淡，不服就干，菜就多练。

你没法控制一个人永远不离开你。

可是，经济学里有一个概念，叫作助推。

什么意思呢？

就是说，你禁止他吃垃圾食品没用，反而会激发他的叛逆心理。允许垃圾食品存在，你只需要往他的身边推更健康、更好吃、更天然的食品，让他自己去选择。

把所有控制的念头，变成助推力。

你给了他自由选择的权利，也增加了他的沉没成本。换言之，离开你以后，可能再也不会有人如此爱他又不限制他，如此爱他又不纵容他，如此爱他又不责备他。

这便是极致温柔的爱，用温和的方式引导人自由选择。

允许这世上有最锋利的矛，允许这世上有最坚固的盾，他们在一起非要争个输赢，又有什么意思呢？那矛能够打来猎物，那盾能够抵挡攻击，一致对外多好啊。

干吗自相矛盾呢？

上天安排一段缘分给你们，又给你们出难题，再让你们分开，他图啥？月老也有 KPI 的，每安排一次就失败一次，他不要面子吗？

两个人在一起解决问题的意义，是为了升级到下一个段位，无论是优雅地迈过，还是狼狈地苟过，只要过了，那就能迈入新里程，只要过了，你们就会体验到一个新段位的爱。

爱是往上走的，一步一步，如果你不想解决问题，无论再遇到谁，都不过是把低段位的爱重复一遍。不要终其一生，只待在"青铜局"，你配得上高端局里的王者之爱！

珍珠奶茶：一个人能忍住几天不联系你，说明什么？

◇ 所有关系，都是双向选择。维系关系不靠联系的频次，靠回应的质量。
◇ 大家都有自己的生活，交集的那个部分叫爱情。生活会滋养爱情，反过来不行。
◇ 放下控制欲，放下占有欲，允许他成为他，允许自己成为自己。

西蓝花开了一家"爱情招待所"，在冰箱三层。

那天，来的第 31 个顾客是珍珠奶茶。

珍珠奶茶问："一个人能忍住几天不联系你，说明什么？"

西蓝花说："四个字，你想多了。"

你超级喜欢奶茶吧？你想喝了，就去点一杯嘛，你不会因为一周没喝而纠结，这说明什么？你知道，喜欢就在那里。——多放珍珠。

可能，有一段时间，你确实很忙。

等你闲下来去喝奶茶，发现那家奶茶店关门了，难受吧。没关系，往前走两步，又有一家奶茶店。

我的意思是，你真正喜欢的是奶茶。

对于人、事、物，你越能瞬间看透其本质，就越能享受在其中体验的快乐，而远离现象制造的烦恼。

除了奶茶，还有榴莲酥呢。

你说你不喜欢榴莲酥，看上去好像是你做出选择，其实人家榴莲酥何尝不是用自己的方式，快速筛选属于他的品尝者？所有关系，都是双向选择。维系关系不靠联系的频次，靠回应的质量。

那天，你说："一起去喝奶茶。"

他说："好啊！"见面的时候，他给你带了麻薯。

这种回应，是礼貌、是愧疚、还是爱，你都清楚。一个人心里有没有你，你怎么会不知道呢？

所以，你胡思乱想什么？

"他吃麻薯的那天，为什么没叫上我？是跟谁一起去的？他怎么会突然喜欢吃麻薯？"

你看，自寻烦恼嘛。不要任由无数糟糕的念头占据你的生活。你也独自去吃过酸辣粉，不是吗？大家都有自己的生活，交集的那个部分叫爱情。生活会滋养爱情，反过来不行。

奶茶和麻薯，只解决小馋小饿。要吃饱，要吃爽，还得是两个人手牵手去吃火锅啊！你看，热热闹闹，轰轰烈烈，多丰盛啊！我的意思是，点一个辣锅、一个清汤锅，谁都不必刻意讨好对方，这才是最舒服的相处方式。

他约你时，你欣然赴约，你约他时，他立马回应，一呼一应，不扫兴。你们需要彼此时，彼此就能来到身边，互相充电。聚是一火锅，散是麻辣烫。

你看啊，我们长大后会离开父母，有自己的生活，不会每天都联系他们；会跟好朋友走散，有自己的新圈子，不会每天都联系他们。

想念这东西，要攒，像是火锅的汤，有的人咕嘟地煮三天就溢了，有的人咕嘟地煮个把月就溢了。谁先攒够，谁先说呗，说一句我想你了，肉麻吗？何止麻，你夹一筷子尝一尝，又麻、又辣、又香。

你知道的，喜欢就在那里，立等可取。怎么，你开始喜欢一个人，连这个道理都不懂了，是认为爱情例外吗？

正是因为彼此热爱生活，所以那天，你给他带了一杯奶茶，他给你带了一盒麻薯。放下控制欲，放下占有欲，允许他成为他，允许自己成为自己。一边麻辣，一边清汤。

我们很清楚，生活很辛苦，你我要努力，我们会错过彼此一些美妙的时刻，没关系，见面那天，我给你补上。

我精心挑选的生活，值得跟你分享，我猜你一定也会喜欢。同样，你甄选过的生活，我也愿意尝一尝。这就是爱的顶级浪漫啊！所以，没联系的那些天，你也一定在用心生活吧，我也是。不说了，见面聊。

陆

磨合的脾气

真正的磨合，是丰富爱本来的样子，每一次意见不合，是增加了一条爱的定义，而不是一次失望。

冬瓜：一个男人想爱你又想放弃你，是什么意思？

◇ 磨合是有事说事，好好说话，一起解决问题。
◇ 真正的磨合，是丰富爱本来的样子，每一次意见不合，是增加了一条爱的定义，而不是一次失望。

西蓝花开了一家"爱情招待所"，在冰箱三层。

那天，来的第 32 个顾客是冬瓜。

冬瓜问："一个男人想爱你，又想放弃你，是什么意思？"

西蓝花说："2 个字，磨合。"

磨合的过程中，他在自信与自卑之间反复横跳。想爱你，看不到未来；想放弃，又不甘心。累了，不知道该怎么爱。

恐怕，我们在一段亲密关系里，都误解了什么叫磨合。

磨合，不是说我事事顺着你，把忍耐、妥协、将就都留给自己。我为你改变了那么多，你看，我有多爱你！每一次磨合，都是在生命中增加一个舒服的点，而不是添堵，那些情绪不是被接纳了，而是被藏起来了。一开始，你们很相爱，可以忍受，可是久而久之，从一颗心到另一颗心的路上充满了情绪关卡。

今天你们之所以吵架，而且越吵越激动，是情绪使然。

为什么过去能忍，相处久了，却不能忍？

因为忍了那么久，发现磨合的目标是解决问题，忍耐、妥协、将就都只为情绪服务，并不能真正解决问题。或者，我们说那句"我改"，不是本愿，只是为了安抚激动的情绪。

你要把真实的想法说出来，说出你为什么不开心，而不是借着某个由头发火、撒气、发泄。有效表达事实，才是真正的磨合。当你放弃用情绪攻击你爱的人，对方就能节省精力来爱你。

磨合是有事说事，好好说话，一起解决问题。

冬瓜问："你的意思是，不要情绪化表达，而是表达情绪。"

西蓝花说："有效表达你的情绪，告诉对方你怎么了，对方第一时间接收到的有效信息越多，就越能帮助你。"

你想让他爱你，就直说。

你想要炖排骨，他便开始给排骨焯水，去浮沫。别等到人家都准备完了，起锅烧油了，你突然说你想清炒。

不是他不爱你了，是你得想明白，你到底想要什么样的爱。万一人家准备清炒了，你又觉得冬瓜炖肉很浪漫呢。

如果你不知道想要怎样的爱，那就听他来安排。人没法想象出没有见过的东西，他对你的好都是爱，爱有一万种甜，有些你没见过，很正常。

你看，一张饺子皮，他初来乍到，包小葱猪肉馅儿，可以；包韭菜鸡蛋馅儿，可以；包三鲜馅儿，也可以。每一种馅儿，都在丰富他的人生，这是包容，他允许别人以任何一种能让人生更饱满的方式来爱他。

你喜欢排骨，不要看到人家送你豆腐就觉得那不是爱，你要允许别人用他自己的方式来爱你。让我们累的不是爱本身，是定义爱。

你讨厌什么，也直说。

你懂吧，这是爱，那不是爱，每一次定义都在消耗精力和情绪，甚至大家因为对爱的定义不一样，辩论着，争吵着，抢夺对爱的定义权。可是，爱是什么？不是改变对方，不是强行让对方接受你的定义。

爱的定义很多，你说一条，他说一条，不冲突。你们在丰富爱，这才是爱的意义，不要把爱的路走窄了。真正的磨合，是丰富爱本来的样子，每一次意见不合，是增加了一条爱的定义，而不是一次失望。

人没法想象出没有见过的爱，接受，就是看见的过程。磨合的浪漫，就在于大雾四起，我看见你。

酸豆角：他总是对我忽冷忽热，这是什么意思？

◇ 他走在去见你的路上，你也走在去见他的路上，都想偷偷给对方一个惊喜，不期而遇，这才是爱。
◇ 一段关系，冷热酸甜都正常，不正常的是有人在操控它。
◇ 爱很厉害，但是没有厉害到能接下所有的情绪，最终还是要靠自己去修复。

西蓝花开了一家"爱情招待所"，在冰箱三层。

那天，来的第 33 个顾客是酸豆角。

酸豆角问："他总是对我忽冷忽热，这是什么意思？"

西蓝花说："服从性测试。"

他要掌控你的节奏，他对你冷，你会心慌；他对你热，你会心喜。你的喜怒哀乐，全在他的掌控之中。

久而久之，你不符合他的心意时，他就惩罚你，不理你。你害怕失去他，那么你先失去的就是自己。你通过妥协、讨好、主动来得到他的奖励，你越陷越深，还以为那是爱。

两性权力，到最后变成谁更不在乎对方，谁就拥有权力。

一个人高高在上，享受另一个人的臣服。

可是，所有的测试，都是双向测试。

你不吃辣，他极力推荐你试一试，不一定是认为辣对你有多好，而是想知道你的情感底线在哪里，你的容忍度在哪里，你的失控按钮在哪里。

所谓提供情绪价值，是想介绍给你一个新世界，还是占有你的世界？你应该分得清楚。

明白吗？

一个人在测试玻璃杯扛不扛摔，同时，玻璃杯也在测试那个人在不在乎自己。

玻璃杯第一次被丢到地上，他没碎，但是心碎了。

因为他知道，从不被在乎的那一刻起，碎，不过是早晚的问题。

再喜欢对方，也不要去做这件傻事——接受对方的测试。

当然，你也不要去测试对方。

大家有各自的生活节奏，重叠的那一刻，自然会见面，自然会打电话，自然会发信息。不在一起，很正常，因为要处理各自的事情。谁还没一亩三分地用来种花种草呢？但忙不是忽略对方的借口，更不是惩罚对方的手段。

当他在赌先低头的那个是你，赌你一定会屁颠屁颠去找他时，你就该清楚，这一段关系失衡了。无论你付出多少爱，都不能把这段关系拉到平等的位置。

他走在去见你的路上，你也走在去见他的路上，都想偷偷给对方一个惊喜，不期而遇，这才是爱。

一段关系，冷热酸甜都正常，不正常的是有人在操控它。

你想啊，下雨很正常，天晴很正常，但是当下雨的权力被卖伞的人拿到，会怎样？

爱意起起伏伏很正常，人的状态每天都不一样，你在工作上付出多一点，生活上就少一点；你在对方身上付出多一点，在自己身上就少一点。但总体来说，你有你的节奏，你能用好自己的情绪。

可是，如果有一天这个情绪按钮被别人拿走了，会怎样？

你得知道他对你忽冷忽热是怎么回事，是他想拿走你的情绪按钮，还是他的情绪按钮失控了。

每个人都有情绪崩溃的时刻，可能不想跟任何人说话，就想一个人躲起来，他并没有躲你，他躲的是这一股汹涌的情绪。

你说他为什么不告诉你，让你们一起承担呢？

他也怕这汹涌的情绪吓到你，伤到你。我们都清楚，爱很厉害，但是没有厉害到能接下所有的情绪，最终还是要靠自己去修复。

一件事的背后，有无数个视角，最终你只会相信，你愿意相信的那个。

紫菜：有人会在婚姻里遇到更喜欢的人吗？

◇ 其实，你们相互爱上的时候，那个人就不存在了。因为两个人在那一刻融为一体了，一荣俱荣，一损俱损。

◇ 有时候，是你的焦虑制造了一个假想敌，他还是那个他，什么也没做。

西蓝花开了一家"爱情招待所"，在冰箱三层。

那天，来的第 34 个顾客是紫菜。

紫菜低着头，带着哭腔说："我老公好像不爱我了。"

西蓝花说："我给你讲个故事。"

宋国有一个人，有一天去地里干活，一只兔子咚的一声撞树上了。他把兔子拿回家，做麻辣兔头、红烧兔腿，美美地饱餐了一顿。

第二天，他扔掉了锄头，坐在树桩前等兔子。

兔子来了吗？

没有。

他很失望，认为一定是等的姿势不对，第三天、第四天、第五天，就这么等下去，心诚则灵嘛，可还是没有兔子。

荒废的时间太多，他的地里，草盛豆苗稀了。眼瞅着别人家田里，禾苗苗壮生长，又是一年好收成。他急了，把自己的禾苗一棵又一棵拔得高高的，辛辛苦苦忙碌了一整天。

可是，第二天，他的禾苗都死了。他不解，为什么自己辛辛苦苦，那么努力，到头来两手空空呢？

你呢，现在还坐在你们初恋的那棵树下吗？是不是在想他今天怎么没来啊？他明天会不会来？

其实，你们相互爱上的时候，那个人就不存在了。因为两个人在那一刻融为一体了，一荣俱荣，一损俱损。

其实，男人呢，远远比你胡思乱想的更爱你。你知道的，大多数男人的爱是含蓄的，他给不了浪漫的互动、稳定的情绪价值、偶像剧般的生活。

不影响，他是真的爱你。

这东西叫踏踏实实过日子，一步一个脚印。

你再看，情侣博主，他们好相爱啊；情感博主，他们好会说啊。因为，那是他们吃饭的本事，他们面前有摄像头，艺术来源于生活，但是高于生活。

男人爱女人的方式，永远只有一种：给她安定的心。

他知道，种下禾苗，努力照顾，秋天就有收获；他知道，下班回家，有人等他；他知道，你是他抵挡一切诱惑的骄傲。

只要你不推开他，他就会一直黏着你，安定啊，你知道，要花费多大的成本，才能走到这种状态吗？

成年人不傻，会算账。

兔子撞一次树，心动嘛，刺激嘛，暧昧嘛，可是一顿饱和顿顿饱，它分得清。没有谁会傻到让自己陷入水深火热的境地。

紫菜问："有人会在婚姻里遇到更喜欢的人吗？"

西蓝花说："会的。"

那时的他，不是不爱你，而是不爱自己，任由自己在诱惑里沉沦。你拦不住的，兔子要撞树，天王老子来了，它也撞。

你唯一能做的就是离它远点儿，别到时候被溅一身血。

但你也得清楚，有时候，是你的焦虑制造了一个假想敌，他还是那个他，什么也没做。那一刻，你没把他紧紧抱住，而是推开了他。

故事讲到这里，讲的不是不劳而获的故事，故事的最后还有一句话，只是那时我们都还小，这句话在语文课本被删掉了。

韩非子说："今欲以先王之政，治当世之民，皆守株之类也。"

我以爱情为例给你翻译一遍：如果今天，你还拿婚前恋爱的经验来经营婚姻，恐怕要吃一点苦头。爱要与时俱进，爱要循序渐进，爱要知难而进。

你爱他吗？

爱。

那么他也一定是爱你的，因为你们是一体的。

鸡蛋灌饼：到底怎样才算提供情绪价值呢？

◇ 一个对的人，一定能把落在你生命里的每一朵雪花都融化掉。
◇ 我们一生寻找的爱，就是这种全然接受的爱。他不需要你讨好，不需要你低头，不需要你懂事。你，如你所是，走在你的每一个选择里就好。

西蓝花开了一家"爱情招待所"，在冰箱三层。

那天，来的第 35 个顾客是鸡蛋灌饼。

鸡蛋灌饼问："到底怎样才算提供情绪价值呢？"

西蓝花说："你有没有发现一个问题？一句话没说好，怎么就吵起来了呢？"

情绪的爆发，往往不来源于当下的事件，而是，一个与其相近的过去事件被重提。曾经被克制的情绪，卷土重来。

那一刻，连接上了过去的委屈。本该发的火，没有发；本该抱的怨，没有说；本该被善待的情绪，却被忽视了。也就是说当时的原谅、释怀、放下，都是假象。

事平息了，但人并未获得安宁。

一个人给你提供情绪价值，不是安慰，不是共情，不是哄一哄，而是疏通。那股气，是顺了，不是算了。

等于说那个心结打开了，事才算结束，否则一直是搁置状态，随时会因为一次新的情绪郁结被翻出来。

我们当初为什么逃避呢？

不安全感。

不敢把真实的情绪表达出来，怕对方接不住，怕自己接不住，所以忍了。过去的所有道理告诉你，大事化小，小事化了。

真的化了吗？

不是啊，是那个懂事的人扛下了所有委屈。

一次可以扛，两次也行，可是，再累积呢？雪崩的时候，每一朵雪花都觉得自己是无辜的，甚至还会抱怨山峰："你扛不住，可以说啊，我可以融化。"

懂了吧，从事情上真的可以看出一个人的人品，因为那些美好的品质——担当、勇敢、宽容、温柔，是在无数问题里，淬炼出来的情绪价值。

一个人只有全然地被爱着，才懂这种情绪价值。

你不害怕犯错，不害怕选择，不害怕孤立，因为你知道，无论你做了什么决定，他都是爱你的。

你都是爱自己的。

如同此刻，你接住了 18 岁的选择，你也接住了 28 岁的选择，所以未来某天，58 岁的你，也能接住当下的选择。

一个对的人，一定能把落在你生命里的每一朵雪花都融化掉。如果你没遇见那个人，那你就先做那个人。

我们一生寻找的爱，就是这种全然接受的爱。

他不需要你讨好，不需要你低头，不需要你懂事。你，如你所是，走在你的每一个选择里就好。然后，请你相信，一定有跟你同路的人，一定有愿意帮助你的人，一定有接住你的情绪的人。

不要害怕表达情绪，一定要把这口气捋顺了。

不要以第二人称"你怎么怎么"来指责，要以第一人称"我需要"来寻求帮助。

不要担心争吵会推开一些人，能够被推开的，大概率不属于你。你也不可能隐藏一部分情绪，来跟一个人交往。喜怒哀乐，最终会回到一个均值。

那时候，可能你会真正地理解，别人能给你提供的，只是情绪。但情绪的意义，在于给你提供一个新的视角、新的观点，来看待同一个问题。情绪变了，看待问题的方式就变了。

一个对的人，一定是在你选择前给你提供了巨大的情绪支持。你不再为情绪困扰而内耗，而是为找到新的解决方案而兴奋。一旦选择，情绪也就无法再消耗你。

最后平事的，还得是你，让选择把你带到新的路上，你的抉择才完成了价值闭环。

饭团：怎样才能让一个人长期对你有感觉呢？

◇ 一个好的爱人，会让爱产生复利。
◇ 真爱，本就是互相兜底。你要激活他的保护欲、心疼欲、探索
  欲，而不是一个人一直硬扛着。

西蓝花开了一家"爱情招待所"，在冰箱三层。

那天，来的第 36 个顾客是饭团。

饭团问："怎样才能让一个人长期对你有感觉呢？"

西蓝花说："4 个字，主食思维。"

不要做一个人的零食，要做他的主食。

你看，一碗米饭，普通吧。可是，他会吃腻吗？

好像不会。

因为，他会主动营造他喜欢的搭配，今天是黄焖鸡米饭，
明天是煲仔饭，后天是卤肉饭。

乱花渐欲迷人眼，提供的都是情绪价值，只有米饭才能踏
踏实实地填饱肚子。

比如，辣椒炒肉。

情绪价值给足了吧，这香辣，贼过瘾！你猜，他会怎么做？

再加一碗米饭。

主食最迷人的能耐叫：兜底、踏实、管饱。

情绪价值让两个人走到一起，开心、舒坦、有趣，然后呢，生活不是只有选择题，还有证明题。

缺爱的人，需要爱。

这个东西没办法量化。

可是缺钱呢？

那一刻，你就会深刻地理解情感支持的意义，它可比情绪价值来得实在。因为可量化，有就是有，没有就是没有。

开心的事，找一个人分享，不难。

难的是，在那些真正的生活难题面前，你能想到哪个人会为你兜底，你又敢为哪个人兜底？

患难见真情。

人跟人的关系越亲密，意味着自我暴露就越多，心里的情绪小怪兽激动啊，以为来到了安全关系里，这一暴露，冲突就来了。

怎么办？

不用慌。

接得住对方的情绪，兜得住对方的情感。

这才是真爱开始的样子。

爱是一张大大的拼图，全是碎片，有人送你灯火可亲，有人送你山海辽阔，有人送你铮铮铁骨，有人送你春树暮云，有人退场，有人进场，来往无数客。

你只能体验，什么也抓不住。

爱人呢？

是你年轻时挑的一个隐藏款礼物，里面有啥呢？不知道。你得用一生来拆。

怎么拆？

有一个词，叫厚积薄发。

结婚那天，你们有了一个账户，往里面存爱，零存整取，懂吧？婚姻下半场，你上有老，下有小，中间还有一个爱人，这所有的亲密关系，怎么排序？你攒了多少爱，又怎么分？这时，你便懂了，一个好的爱人，会让爱产生复利。

旧爱生新爱，新爱利滚利，账户里的爱越多，你越有底气。拆啊拆，他的可爱在你面前，一点一点浮现。

可是，年轻时，爱攒少了，爱到用时方恨少。

怎么办？

不用慌。

其实，现爱也来得及。

关键是你得爱。

你说哪有力气爱，一天下来累得够呛，拿什么爱？

偷得浮生半日闲。

我的意思是，别怕一撒手会怎样，不要预设一个套，自己钻进去。什么都抓着，只会累坏你，学会放手。这半日闲，足够你缓一缓，养精蓄锐。你撂挑子的那一刻，也是爱浮现的那一刻。

为什么？

那时，他才看见你的挑子有多重。

真爱，本就是互相兜底。

你要激活他的保护欲、心疼欲、探索欲，而不是一个人一直硬扛着。爱吃苦的人，有吃不完的苦；会享受爱的人，有享受不完的爱。

你一定要有"主食思维"，让他来搭配你，欣赏你，食用你。你唯一要做的，就是给予他情感支持。

让他知道，在你这里，永远有兜底、踏实、管饱的爱。

瑞士卷：长久的感情，靠什么经营？

◇ 看上去生活在一次次刁难你们，其实，他只是在用他的方式，
   让你们体验人生之丰富、答案之精彩、爱情之热烈。
◇ 你中有我，我中有你，这才是爱。

西蓝花开了一家"爱情招待所"，在冰箱三层。

那天，来的第 37 个顾客是瑞士卷。

瑞士卷问："长久的感情，靠什么经营？"

西蓝花说："这个字'和'，读什么？"

你遇见一个那么喜欢的人，这时你念和（huó），和面的和。

女人是水，男人是面。和面嘛。

和得柔柔软软，然后呢？

会包小笼包吗？

可以试试。

然后，你们去准备馅儿，他喜欢猪肉，你喜欢大葱，凑在

一起试试，嚯，有点意思。

吃腻了。

他喜欢韭菜，你喜欢鸡蛋，再试一下嘛，咦，好清香。

然后呢，又腻了。

他喜欢茄子，你喜欢青椒，它俩不会也合适吧，试试嘛。

啊，真的可以。

后来，你们管这个叫包容，包子嘛，包罗万象。只要你们敢想、敢试，那么，当然是你们优先享受恋爱的新鲜感。

恋爱谈着谈着，一定会渐入佳境。

这时候，你问他，这个"和"字，读什么？

他脱口而出，和（hú），和牌的和。

你笑着问他："这一把，你缺什么可以和牌？"

他说："万事俱备，只欠东风。"

你开心地说："收到。"

然后，你开始替他盯着每一个出现"东风"的机会，他也相信你，一张一张地摸牌，不着急，等得起。

等闲识得东风面，万紫千红总是春。

所以，在生活的这一局一局刁难里，抓什么牌不重要，哪怕是一把烂牌，你们也能打出自己的气势来。

懂我意思吧。

两个人在一起，只要坚定要"和"，总能等来那一场东风。

你知道的，爱着爱着，天时会变，地利会变，人和也会变，总会经历一些人生困境。你想等一场风，来的是一场雨，事与愿违本就是人生常态。

怕了吗？

怕个锤子。

这时候，这个字"和"又一次出现在你们面前。

念什么？

你们异口同声地说："和（hé），家和万事兴的和。"

是啊，看上去生活在一次次刁难你们，其实，他只是在用他的方式，让你们体验人生之丰富、答案之精彩、爱情之热烈。

你看，一个问题出现了。

你有你的主意，他有他的主意，不必非要争个对错，争个输赢，其实这反而给了你们两次解决这个问题的机会啊。

厉害吧！不用解释，重做一遍。

只要两个人心连在一起，我和你，还有什么不敢面对的吗？

等你真正理解到这里，你会发现，爱是最高级的。

所谓包容、磨合、理解，不过是技巧，真诚才是永远的必杀技。因为爱，你们为对方做什么事，都不会有委屈、退让、妥协的感觉。爱会融入生活的每一个细节里。

这一刻，你们好像看到了第一次相遇的情景，是什么让你们永远在一起的？

是水，让面黏合在一起；是面，让水有了新的形状。

你中有我，我中有你，这才是爱。

两个人，融合在一起，去体验世间万象。

有馅儿，就做成饺子。没馅儿，也没关系，先做成一碗汤面。不着急，我知道的，相爱的人一定会迎来属于他们的臊子。

生活一定会换着花样，奖励相爱的人一个又一个喷香又好吃的浇头。

如果此刻你感受不到爱，也不急哈，或许，你们是在醒面呢。别胡思乱想，沉住气，等面发得白白胖胖的，做成啥，吃起来都香啊。

感情嘛，你说非有什么值得分享的，那就 12 个字：少冲突，少对抗，多理解，多合作。家和了，好像什么事儿，都顺了。

柒

灵魂的香气

我理解的灵魂伴侣，是在一段秩序稳定的生活里，你遇见了想要在一起一辈子的人，而不是，有人来终止你的动荡，有人来治愈你的孤独，有人来托起你的生活。你先选择了怎样去活，才会遇见对的人。

胡萝卜：怎么判断自己是不是遇见了对的人？

◇ 耐心这东西是易耗品，随着感觉不再给耐心提供滋养，生活就开始往你们的爱意里扔问题。

◇ 如果两个人在一起能够一起成长，那么这就是一个很好的信号，说明你们遇到了对的人。

西蓝花开了一家"爱情招待所"，在冰箱三层。

那天，来的第 38 个顾客是胡萝卜。

胡萝卜问："怎么判断自己是不是遇见了对的人？"

西蓝花没有回答，反问了一句："你怎么理解对的人、合适的人、爱的人？"

胡萝卜一下被问住了，想了想。

对的人，就是你亲自挑选的、在这一生做你的家人的人，你知道，爱情会消失，但是爱不会。

合适的人，就是不一定让你心动、但是在各种条件上跟你匹配的人，你们会是很不错的搭档。

爱的人，就是让你动过心的人，可能后来你们并没有在一起，大多数人都是在失去爱的那一刻，学会了爱。

西蓝花笑着说："有其一，便是人生幸事，三者聚一人之身，是小概率事件。"

一开始，爱是一种感觉。

你跟那个人有很多话聊，从哲学到人生，从食物到美学，从电影到旅行，就算没有话说也不累、不尴尬，就是静静地坐在一起看夕阳、看月亮、看星星都行。

那感觉真美！你想起一个词，情投意合。

好惬意！好舒服啊！好过瘾啊！

对方一个眼神或动作，你就能明白他的心意，彼此之间的默契无须多言，生活习惯相似，性格互补，互相包容。不会因为小事而争吵不休，也不会为了一点小矛盾就闹得不可开交，而是用一颗宽容的心去面对，这才是一段好的感情该有的样子。

你觉得，他就是全世界最懂你的那一个人。

其实，一开始，大家都有耐心。

耐心这东西是易耗品，随着感觉不再给耐心提供滋养，生活就开始往你们的爱意里扔问题。

你们能不能站在对方的角度去解决问题？你们能不能包容随着越来越熟悉而暴露的缺点、坏习惯？你们能不能在大难来时，共同抵抗风雨？你们能不能在对方需要的时候，一次、两次、三次，千万次地奔向对方？

这时候，爱不再是一种感觉，而是一种能力。

一种让自己幸福，也让对方幸福的能力；一种爱与被爱的温暖力量；一种无论发生什么，我都坚定地站在你身边的信念。

正是一起经历了一些事，你们才完成了信任的交接。

你不担心他会走远，你不担心他会离开，你不担心你会失去他，因为你知道，你一直在他心里。

胡萝卜问："这是爱最难的一个阶段吗？这个世界上没有人能够永远不犯错，能够被真心与真诚对待，能够被允许和接纳，能被别人毫不犹豫地帮一把，这已经很难了。能够不误会，主动沟通，说出自己真实的想法和感受，难上加难吧。"

西蓝花笑着说："不怕。"

所以啊，爱，最重要的一件事，就是一起成长。

如果两个人在一起能够一起成长，那么这就是一个很好的信号，说明你们遇到了对的人。

好的伴侣，会彼此激励，共同进步，你们会看到一个更大的世界，你们会有一个更远的目标，你们会有一段更亲密的旅程。

两个人在一起，不仅仅是享受对方的好，更是要学会在对方遇到困难时伸出援手，给予支持和鼓励，这才是真爱。

当一个人跌倒受伤时，另一个人会毫不犹豫地站出来，给他力量，陪他渡过难关，这样的感情才是最坚固的堡垒，无论发生什么事情，都能经受得起考验。

真正遇到那个对的人时，你会发现，他就是你的灵魂伴侣！你们彼此了解对方的一切喜好和习惯，知道对方的每一个小秘密和小情绪；你们会因为对方的一个眼神而心跳加速，也会为了一句话就笑得合不拢嘴。总之，你们之间有着一种默契，你们天生就该在一起。

香菇：怎么才算灵魂伴侣？

◇ 缘分的意义，是让你体验另一个有趣的灵魂，而不是拥有。
◇ 爱不会把一个人变得患得患失，它只会让你经历一次次惊喜后
　还能这么爱。
◇ 我理解的灵魂伴侣，是在一段秩序稳定的生活里，你遇见了想
　要在一起一辈子的人。

　　西蓝花开了一家"爱情招待所"，在冰箱三层。

　　那天，来的第 39 个顾客是香菇。

　　香菇思索了很久，问："怎么才算灵魂伴侣？"

　　西蓝花说："缘分到了。你得清楚，感情的事，经营也
好，努力也罢，都是手段。缘分不够，都是白费。遇见一个对
的人，比把一个人变成对的人更重要。"

　　选择大于努力。

　　你不能打着爱的旗号，去改变一个人。他不吃辣，你怂恿
人家吃辣，然后呢，他开始吃了，你有没有想过，他开心吗？

　　爱一旦权衡利弊，就失去了在一起的松弛感。他被改造成

你喜欢的样子，可是改造后的人设一定会崩塌，因为演一个不是他的他，太累了。

对于没有缘分的人，你强行改造也留不住的。

灵魂伴侣，是你们各自灵魂自由，跟你在一起时他可以从容地做自己，你也是。就算你们因为某些缘故分开了，缘分还是会把你们拉到一起。

你看，大多数伴侣，一旦断联，就彻底分开了。缘分只够撑起一次遇见，没法让你们一直在一起。你越想经营好一段关系，越想留住一个人，往往越会失去。因为你紧张、在乎、太想拥有，整个人绷着，做每一个细节都很用力，这样很累。

懂吗？

缘分的意义，是让你体验另一个有趣的灵魂，而不是拥有。

爱不会把一个人变得患得患失，它只会让你经历一次次惊喜后还能这么爱。那个人打开了你的视野，你看见远上寒山石径斜；那个人滋养了你的灵魂，你感受霜叶红于二月花。

在一起时真挚热烈，不在一起时也不会彻夜难眠。灵魂伴侣让你体验的就是安心，遇见他以后，你整个人的秩序是稳定的。一段让你秩序混乱的关系，不用怀疑，就是你的劫，不是缘。

香菇问："人这一辈子，是不是很难遇到灵魂伴侣？"

西蓝花说："也不是啦，你遇见油菜和鸡腿，没什么区别，都是一段美好的缘分，谁是灵魂伴侣，取决于你想清炒还是黄焖。"

其实，你爱的不是那个人，而是一种生活方式。

你看，当你知道自己要写一个"爱"字，你的第一笔"撇"就写得很坚定、很踏实、很有力量。如果你不知道要写什么，你拿着笔就会慌张，眼瞅着别人快要写完一个字，你一急，匆忙写下一笔。

你不知道的是，这一笔，是你后来人生的伏笔。

你不知道自己要怎样生活，怎么会遇见灵魂伴侣呢？

那天，你遇见鸡块，是缘分吗？

是啊，你们相处了很久，最后还是在争执焖还是炖。没关系的，不要再内耗了，断联一下，都冷静地想一想各自要的生活方式是什么。

你想要的生活方式里，一定有一个正缘等着你，可能是鸡块，也可能是油菜。前提是你知道你想要怎样去爱，不要抱着试一试的态度，突然冲入一段感情里，或许那一刻你激情澎湃，但是你得知道，平淡才是感情的常态。

所以，你说什么叫灵魂伴侣？

我理解的灵魂伴侣，是在一段秩序稳定的生活里，你遇见了想要在一起一辈子的人，而不是，有人来终止你的动荡，有人来治愈你的孤独，有人来托起你的生活。你先选择了怎样去活，才会遇见对的人。

牛丸：怎么确定一段关系，是玩一玩还是真爱？

◇ 一旦完成了第一次自我攻略，之后就会有无数次。
◇ 爱的本质，是路径依赖，你第一次做的选择，带给你情绪奖励、
  安全感，会促使你下一次做相同的选择。

西蓝花开了一家"爱情招待所"，在冰箱三层。

那天，来的第 40 个顾客是牛丸。

牛丸问："怎么确定一段关系，是玩一玩，还是真爱？"

西蓝花说："这就是喜欢和爱的区别。"

我喜欢你，什么意思呢？

我喜欢的是你身上的某个特质，比如，我喜欢鱼，因为它可以做成酸菜鱼、水煮鱼、红烧鱼，这种喜欢对我有利，这个特质服务于我，给我带来开心。

而我爱你呢。

比如，我爱鱼，我愿意给予它食物、关注和陪伴，我会在它身上投入大量的情感成本，它属于我生活的一部分。

我喜欢你，是因为你能给我带来开心；我爱你，是因为我

想给你带去开心。

玩一玩和真爱有一个分界线。

这个分界线叫"认真"。

玩过游戏吧，随便玩时，心里不挂任何念头，输赢无所谓。可是，总是输，你也很窝火。接下来，你就跟游戏犟上了，心想我要赢一把。

认真打。

你认真了，就再也无法回到随便的状态，从喜欢到爱的过程，是不可逆的。

你懂吧，你喜欢游戏，偶尔玩几局消遣时间，可是当你一旦开始买游戏角色的皮肤装扮，开始投入情感，它就成了你生活的一部分。

人跟人的关系，一开始就是擦出一点小火花，架不住往里面添柴啊，添着添着，你有了期待，你怕火熄灭后又重新回到黑暗里。

牛丸问："玩着玩着，会上瘾，对吧？"

西蓝花说："你投入的认真越多，就爱得越深。"

一开始你想，玩一玩嘛，你可以随时抽身，你有自控能力，你很清醒，智者不入爱河。

可是，既然开始相处，你就会无法避免地把你的时间、精力、幸福、金钱等等，分给他一点，他给了你情绪正反馈，你获得了开心。

你跟他在一起，很舒服，很自在，很愉悦。

你会不自觉地想和他进行下一次相处，你主动找他聊天，你主动给他买生日礼物，或者主动邀请他一起吃晚饭。他主动分享自己的动态，你每一次获得的情绪奖励不一样，你就会开始期待下一次奖励。

你知道"羊群效应"吧？一家餐厅排队的人很多，就会有更多的人排队，是那家餐厅的菜真的超级好吃吗？不是，是个人观点很容易被群体观点所吞没。

我愿不愿意帮你一次，我愿不愿意为你有空，我愿不愿意为你投入情感，我愿不愿意让你走进我的生活圈，我愿不愿意让你认识我的朋友和家人，一旦完成了第一次自我攻略，之后就会有无数次。

你第一次说服自己为他做点什么，这就是第一只"羊"。后来，无数个你，都排在这只"羊"后面。

爱的本质，是路径依赖，你第一次做的选择，带给你情绪奖励、安全感，会促使你下一次做相同的选择。原则、底线、标准，都是用来拒绝不爱的人的。

自此，爱形成了完整的上瘾链，从触发到行动，从投入到获得奖励，再到下一次投入，触发新一轮相处。

你越认真思考你们的关系，就会在爱里越陷越深。而你的认真，会引起两个结果：想跟你玩一玩的人，会被吓跑；想跟你认真的人，会把你抱得更紧。

蛤蜊：当我们提到灵魂伴侣时，我们真正想要的是什么？

◇ 在新地之上，我重建秩序，这里次第花开，这里万物奇迹般生长。

◇ 两个人在一起，只要精神不受力，那就是一段不错的关系。

西蓝花开了一家"爱情招待所"，在冰箱三层。

那天，来的第 41 个顾客是蛤蜊。

西蓝花问："你怎么理解灵魂伴侣?

蛤蜊说："结束无序的生活。"

我在生活里陷入虚无，我想打破这种状态，玩游戏、看综艺、漫无目的地刷手机，我想找到一个吸引我的注意力的东西，可是，这些事都太碎了。

我越想摆脱这种无序的状态，就越焦虑，越无聊，越烦躁，而此时，他开了一朵花，废墟之上的一朵花。

我想起，我也有一颗种子，这个种子可能是收藏夹里的一本书、一部电影、一个我想学的技巧，然后，我打开了收藏夹。

也不是有了目标，只是结束了漫无目的地寻找。

跟他在一起，他唤起了我对很多东西的新体验，我可以有一朵花，然后我再开垦出一片空地，然后这朵花蔓延开来，花生花，慢慢地我有了一个花园。

其实废墟还在，但是我的注意力都在开垦新地上。在新地之上，我重建秩序，这里次第花开，这里万物奇迹般生长。

西蓝花说："你遇见冬瓜，炖个汤，鲜美吧？你遇见红辣椒，辣炒蛤蜊，辣爽吧？你说哪个才是真正的灵魂伴侣呢？"

我不知道，你知道吗？

那是你的体验，你说是，才是。我说的，只是我的偏见、观点、建议。

你煮过螺蛳粉吗？

微辣、中辣、特辣，是什么概念呢？我不知道。所以，辣油包上通常会写一句话：依据个人口味酌量添加。

你超级喜欢那个人，可是有多喜欢呢，请依据个人口味酌量添加到自己的生活里。你知道的，那个人好复杂的，有酸笋、酸豆角、萝卜干、腐竹、花生、食醋，他所有的性格，你未必都喜欢。

两个人在一起，只要精神不受力，那就是一段不错的关系。

蛤蜊问："怎么算不受力？"

西蓝花说："不要试图用沟通去解决三观的问题。"

你想啊，一个人经历了多少年，才形成对这个世界的理解，怎么会因为被你的几段话感动，就轻易改变呢？除非，那一刻，他妥协了。

人只会接受自己本来就能接受的价值观。

他妥协一次，也就意味着，未来你也要有一次妥协，否则秩序就失调了。妥协便是精神受力，磨合也是精神受力，你接受一种相处方式，也就意味着，你必须为此付出什么。

其他人的观点，暂时与你自己的有冲突，很正常。

我教你一个不受力的方法，三观嘛，等于你有三个罐子：

第一个罐子，放自己的价值观。

第二个罐子，放有冲突的价值观。不评价、不反驳、不内耗，等于说只倾听，不解读，不给自己的情绪施加压力。

第三个罐子呢，往里倒入第二个罐子中沉淀的东西。在经过时间的提纯后，最后把第三个罐子里的东西倒进第一个罐子。

放下改变对方的执念，连念头都不要有，放下过高的期待。我的意思是，你可能花了很长时间，等待第二个罐子沉淀一点什么，但其实，什么也不会沉淀。

在妥协时说的很多话，都不算数的。

如果你想找一个还不错的恋人，要求生活上口味差不多，不是很难，但是如果你执意要找一个灵魂伴侣，恐怕要吃点苦头，因为我们绝大多数人都无法描述什么叫灵魂伴侣。

我还是那句话：请依据个人口味酌量添加。

蛋糕：真爱是一种什么体验？

◇ 爱其实挺简单，就 2 个字：投入。而爱呢，又是无法衡量投入产出比的一种行为，你只能依靠不停地投入，去感受爱。

◇ 不是每天都能看到直观的变化，可是当任何一方放弃投入，你们很快就会看到直观的变化。

◇ 可能真爱最难的，就是这一刻，你感受不到回应时，还能否坚定地投入，还能否相信那一刻他也是爱你的。

西蓝花开了一家"爱情招待所"，在冰箱三层。

那天，来的第 42 个顾客是蛋糕。

蛋糕问："真爱是一种什么体验？"

西蓝花说："那天下班，你看到路边有人卖花盆，有一个小盆在角落里，好委屈，无人问津。"

你买下了它，想了很久后，你决定在盆里种黄瓜。

你去买了一株黄瓜小苗，栽进花盆，那个本来垂头丧气的花盆，突然有了生机，它想要好好保护小黄瓜，直到小苗长叶、开花、结果。

人就是这么奇怪。

偶然间得到一个原本不需要的东西，就会莫名其妙地以它为中心，增加更多不需要的东西。

是爱吗？

不知道，但是随着投入时间、投入精力、投入金钱，你慢慢有了奇怪的感觉。

因为你组装了一个新的生活。

你把情感投入到了每一步组装的过程之中。

心理学中有一个"持有效应"，意思是一个人一旦持有一个东西，就会莫名其妙地对这个东西大有好感，信心倍增。

你看，两个球队在踢球，你对足球不感兴趣，可是现在给你一张票，你可以选择支持一个球队，如果你支持的球队赢了，你就会拥有一份礼物。

而这个礼物，正是你想要的。

输赢的概率没变。

可就是因为你手里多了一张票，你对其中一个球队的信心和好感度，瞬间就被提高了，对输赢的判断在你心里倾斜了。

你本是局外人。

可是，这一刻你有了损失厌恶，也就是说你参与不一定有礼物，但是你不参与就一定会失去。

你厌恶失去。

爱其实挺简单，就2个字：投入。

而爱呢，又是无法衡量投入产出比的一种行为，你只能依靠不停地投入，去感受爱。你看，黄瓜有了新叶子，长高了，开花了，开了三朵，它一步一步走向结果。

在这个延迟满足的过程里，沉没成本越来越高。

其实，你当初并不需要一个花盆。其实，到最后很难区分是爱还是害怕失去。其实，不是准备好了再去爱，而是爱着爱着才想好了以后。

你看，那花盆里的黄瓜成熟了，你摘了一根，咬了一口，好吃吗？

你觉得它跟菜市场的黄瓜，就是味道不一样。

其实，那一刻你吃的根本不是黄瓜，而是把从遇见花盆以后所有的故事，咀嚼了一遍。

投入的所有一切，在这一刻，有了终极回应。

一段关系里，其实大家都在努力。有些人在乎过程，有些人在乎结果，但是无一例外，大家都喜欢被回应，都希望付出被看见。投入就是回应，回应也是投入。

不是每天都能看到直观的变化，可是当任何一方放弃投入，你们很快就会看到直观的变化。叶子不是一天变黄的，小黄花也不是一天脱落的，但失去信心是同时的。

爱一直在生长，可是我们会不自觉地忽视第二片叶子、第二根枝丫、第二朵花。第一次的惊艳、刺激、惊喜，会冲淡第二次的相逢。

连慌张和害怕，都会打折。

大多数时候，爱不是消退了，而是需要平淡的铺垫。你的每一点爱意，都有小小的回应，可能并不直观，它需要经过时间的积累，才能长出一片新叶子、一朵新的花，但并不是所有人都有耐心等到这一刻。

可能真爱最难的，就是这一刻，你感受不到回应时，还能否坚定地投入，还能否相信那一刻他也是爱你的。

或许，你不用每天都盯着那一株黄瓜苗，看它今天又长了多少，你上你的班，它长它的叶子，大家都有自己的节奏。你有好消息的那天，它也刚开了花，我的意思是，蛋糕不只是为生日这一天而存在的。

寿司：真心喜欢一个人是什么样子？

◇ 喜欢在心底，一定会生起勇气，生起底气，生起志气。
◇ 少年啊，本就该挥斥方遒，意气风发。即使在那一刻明知不可为，还是想试一试。

西蓝花开了一家"爱情招待所"，在冰箱三层。

那天，来的第 43 个顾客是寿司。

寿司问："真心喜欢一个人是什么样子？"

西蓝花说："主动争取。"

我给你讲一个故事。

那天，你路过一家商店，透过橱窗看见一个大玩偶，好酷，你很喜欢。

你问店员："多少钱？"

他说："10 枚金币。"

你攥着 1 枚金币，迟迟不肯离去。

你问："能先别卖吗？等我攒够金币，就会来买玩偶。"

人家给了你 3 天期限。

离开商店后，你去找小伙伴借金币，找了所有的小伙伴，变卖了自己值钱的东西，才凑够了 5 枚金币。

你不甘心，拿着 5 枚金币去问店家："能靠在店里打工还剩余的钱吗？"

这时，店里来了一个新顾客，他指着大玩偶，拿出 10 枚金币，说："我要买这个。"

你看，你拼尽全力也攒不够的金币，可能对于别人来说轻而易举。

那个人带着大玩偶走了。

你会难过吗？

会吧，不过你已经尽力争取了，难过归难过，但是你不会遗憾的。你也不会为了安慰自己，把那个玩偶贬得一文不值。

后来，你长大了，或者你攒够了 10 枚金币，可能那时你已经不再喜欢大玩偶，但是你曾经为喜欢争取的精神，会永远跟随你。

后来，你遇见喜欢的人也好，事也罢，都会全力以赴去争取。你可能争取不到，但是你不会两手一摊，抱怨命运的戏谑。

没有什么能拦住你去喜欢。

你坦荡地喜欢过，倾尽了全力，这是你给喜欢最大的诚意。

他说他喜欢你。

他又为喜欢做过什么呢？

有没有扫平你奔向他的路上的所有障碍呢？

人事未尽，却说天命难违。

这喜欢啊，也不过是他的一时兴起，你只是在那一刻契合了他的审美，等风雨来临，他又怎么会爱一身泥泞、一身疲惫的你呢。

我始终觉得，冒着大雨来接你的人，黑暗里攥紧你手的人，把狼狈的你拥入怀里的人，才是真的喜欢你到骨子里的人。所以啊，有时候事儿不用大，生活琐碎足够试出喜欢的分量，犹豫、借口、迟疑，就是答案。

你会盯着菜单，迟迟不肯点菜吗？

喜欢都是脱口而出，喜欢都是亲力亲为，喜欢都是迎难而上。

这世间所有的东西，喜欢就去争取，很难理解吗？人家喜欢你，一定会给你明确的告白、真诚的承诺、坦荡的回应。

纵使你跟他之间隔着山隔着岭，又如何。有句话，一定想跟你说；有件事，一定想跟你商量；有段缘分，一定想跟你续一下。所以，翻山越岭。

喜欢在心底，一定会生起勇气，生起底气，生起志气。少年啊，本就该挥斥方遒，意气风发。即使在那一刻明知不可为，还是想试一试。

倾尽全力喜欢过一个正当年的人，那该多美好啊！往后你遇见什么，都敢争一下。

　　喜欢不一定是为了拥有，而是告诉对方，谢谢你曾给予我喜欢的力量。这力量，在当时一定带你穿越过一个崩溃的夜晚、一段崎岖的山路、一场突如其来的风暴。

　　那些靠近对方的日子，也是在靠近更好的自己，有些人光是存在着，对某人就是治愈啊！

捌

结婚的勇气

慢慢来，感情是不讲爆发力的，拼的是持久力，长情才是一个人给另一个人顶级的浪漫。他爱你一时，一点也不稀奇，稀奇的是，爱你一世。

甜椒：怎么确定那个人跟你是一路人？

◇ 一次次偶然事件，会变成必然事件。
◇ 输了陪你扛，赢了陪你狂，这才是相爱的本质啊。
◇ 两个人在一起，一定比一个人更睿智、更快乐、更有趣。

西蓝花开了一家"爱情招待所"，在冰箱三层。

那天，来的第 44 个顾客是甜椒。

甜椒问："你是哪一刻确定要跟他结婚的？"

西蓝花说："那天，我特想吃榴莲千层，他来见我，正好带了。"

"你怎么知道我想吃？"

他说："我不知道啊，就是路过的时候看见，就给你买了。"

那天，我路过一家男装店，看见一条领带就买了。他很惊讶，问我怎么知道他面试需要一条领带。我不知道，就是那天看见领带，觉得他戴着一定超级帅气。

一次叫偶然，两次也算偶然。

可是啊，一次次偶然事件，会变成必然事件。

我们会异口同声地问："去吃烧烤吗？"然后两个人望着彼此就笑了。

"去玩剧本杀吗？""好啊！"

打游戏时，他总是习惯说："你先撤，我掩护。"

他工作不顺心时，我总习惯说："过来抱抱。"

我十分确定，我们在一起的快乐，大于我一个人的快乐。我知道，这人对了，我要嫁给他。那种一拍即合的感觉，真的是太美妙了，怎么会有人那么懂你的小心思呢？原来我们心里一直装着对方。

就是自己看见一切美好的东西，都觉得对方配得上。我吃过的美食，想让他吃到；我听过的歌，想让他听到。一开始，我以为是分享欲，后来慢慢喜欢对方后懂了，我们是一路人。

他想去的地方，我也想去，尽管有一刻觉得好难，可是两个人一起壮胆，真的好酷。我们要的是同一种生活方式，所以才会一唱一和。

甜椒问："怎么确定那个人跟你是一路人？"

西蓝花说："事上磨合吧。"

每一件小事都有一个要抵达的结果。

你往东，他往西，别慌，别怕，别着急吵。要看干什么，他往西去买肉馅儿，你往东去买饺子皮，万一你们想吃水饺呢。

殊途同归。

不要着急否定对方，等他把话说完。

我知道你很急，但是，你先别急；我知道你很气，但是，你先别气。我知道我爱你，事不复杂，我可以保持沉默，但是我说的每一句话，都是爱的证供。

你知道"第一性原理"吗？每个领域或每个系统都存在一个本质上正确的、无须证明的、最底层的真理，也就是说我们要透过现象去看本质。

吵架时，我们都忘了在一起的第一性原理：我爱你。

遇到问题，意见不统一，两个人先吵起来，要论证谁是对的，谁是错的。难道我们不是应该庆幸，看待一个问题，我们有两个解决方案吗！不一定非要统一成一个，一个方案是另一个方案的保底啊，最终的目标是解决问题，不是比稿。输了陪你扛，赢了陪你狂，这才是相爱的本质啊。

两个人在一起，一定比一个人更睿智、更快乐、更有趣。

你懂这个"更"字吧，欲穷千里目，更上一层楼。对方是在关键时刻拉自己一把的那个人。我始终觉得，那层楼之上，江河远阔，站在那里的应该是两个人。

浪漫的从来不是白日依山尽，而是我们一起走过的路，坑坑洼洼、弯弯绕绕，那又如何，九曲十八弯，黄河入海流。

我们终究会抵达我们相爱时说好的地方。

所以，你是在哪一刻确定要嫁给他？

不是感动，不是年龄到了，不是冲动，而是在第一性原理上达成共识：你爱他，他也爱你。

辣条：人是在什么时候，对一段感情失去信心的？

◇ 敷衍地回应，最终伤害的其实是自己。
◇ 让两个人走到结婚的关键因素，其实就这 4 个字：有效反馈。

西蓝花开了一家"爱情招待所"，在冰箱三层。

那天，来的第 45 个顾客是辣条。

辣条问："为什么结婚？"

西蓝花叹了一口气，说："其实，大多数人结婚，并不是因为爱情。"

人生中很多决定，都是某一刻不得不做的决定。

比如，晚上吃什么？

早上时，我们很少会思考这个问题，时间很宽裕，不着急做选择。

临近傍晚时，不得不思考这个问题，你才会面对，吃什么？

大多数人，是在走进商场的那一刻，才选择吃火锅还是家常菜；是走进夜市，逛累了后，才选择无骨鸡柳还是脱骨凤爪；是在外卖平台翻了又翻，才选择黄焖鸡米饭还是红烧牛肉米线。

一开始就知道吃什么的人，总是少数。

你看，两个人在一起。

先处处看呗，走着走着，一个想吃臭豆腐，一个想吃香辣鱿鱼须。

没关系，还能一起逛夜市。

可是，一个要吃臭豆腐，一个要吃日料。

要分开吗？

或者说你超级无敌喜欢的那个小吃，正好是对方讨厌的。不只是吃，还有在衣食住行方面，你们的喜好都有差异，未来将有无数这样不得不做选择的时刻。

要分开吗？

婚姻啊，可不是靠深情的爱、大量的付出、频繁的妥协来维护的。很小的冲突、对抗、抵触，甚至很小的选择，都会产生巨大的内耗。

比如，晚上吃什么？随便。

在说出随便的这一刻就该知道，这世上，没有那么多巧合如你所愿。敷衍地回应，最终伤害的其实是自己。

人是在什么时候，对一段感情失去信心的？

得不到有效反馈。

你跟一个人在一起三年、五年，甚至更久。

为什么还没走进婚姻？

过去无数的决策，吃什么，穿什么，去哪里，无数小事里，藏着无数的遗憾。

他没有给予你结婚的正向反馈。

反馈的意义，是得到结果。

让两个人走到结婚的关键因素，其实就这4个字：有效反馈。

你问他，吃什么？他回，你昨天不是说想吃烧烤了吗？

你问他，穿这件衣服好看吗？他回，你想穿这件，最好换一双鞋；如果穿这双鞋，就换那一双淡紫色的袜子。

看上去是偏爱，是例外，其实是跟你在一起时，他轻松自在。你听得进去他的建议，给了他参与感；你需要他，又给了他成就感。

在过去相处的无数决策里，你们形成了一种默契，拿到了结果。所谓，时时有回应，事事有着落，试试有结果。

你看，为什么那么多关系纠缠不清？

进一步，没什么底气；退一步，又没什么勇气。说爱吧，谈到结婚就犹豫；说不爱吧，又不舍得分开。

拿不到结果，只能拖着。

拖着拖着，直到那个不得不做决定的时刻来临。

又能怎样呢？

大多数人都会在这一刻选择分开，没有结果，就会分开。没有结果说的不是没有结婚，是在过去无数的相处时刻，没有拿到结果。

换句话说，回头看走过的这一路啊，拿得出手的时刻，寥寥无几。

爱是相互之间的反馈。

你在确认，对方是不是你的结婚对象，人家也在确认。于是，生活里一件件小事发生着，拿到结果，往前一步；拿不到结果，有人停在原地，有人后退一步。

只是那时你还年轻，不知道生活里的每一个小决定，靠近或者远离一个人，都是蓄谋已久。

丝瓜：该怎么维系一段长久的关系？

◇ 相爱是长久的力量，温柔而平淡，胜过一切炎热与疯狂。
◇ 能陪你到最后的，永远是那个节奏稳定的人，包括情绪稳定、
　性格稳定、遇事稳定。
◇ 慢慢来，感情是不讲爆发力的，拼的是持久力，长情才是一个
　人给另一个人顶级的浪漫。

西蓝花开了一家"爱情招待所"，在冰箱三层。

那天，来的第 46 个顾客是丝瓜。

丝瓜结婚了，来给西蓝花送喜糖，聊着聊着，丝瓜问：
"该怎么维系一段长久的关系？"

西蓝花剥开一块糖，放到嘴里，说："其实就一句话，慢
慢喜欢你，好甜啊！"

丝瓜笑着说："是吧，这糖是我自己挑的，超级甜。"

西蓝花说："我说的是你们好甜。"

爱是不停地往火里添柴，往锅里加水。你看，生活这块硬
骨头，就算没法熬得烂烂乎乎也没关系，用大骨熬汤，然后拿

汤去做麻辣烫。

那汤好鲜好甜，但是你很清楚，那甜，淡淡的，不像你结婚那天的喜糖，甜得那样浓烈。可是，喝一口，心里暖暖的，很舒服。

细嚼慢咽，慢慢喜欢，长情又浪漫。

你不要着急地掏空口袋里所有的糖，来证明你有多爱他，慢慢来。那天，他从外面垂头丧气地走回家，你迎上去给他一个拥抱，问他怎么了。

他说："生活好苦啊！"你从口袋里掏出一块糖递给他，然后说："嗨，多大点儿事儿，给。"

他接过糖，也接过你递给他的勇气和信心，问你："哪来的糖？"你笑着说："结婚那天，你给我买的喜糖。"

你抱着他，他比你抱得还要紧。生活推开门，准备刁难你们呢，看到这场景，谁能受得了。望着来势汹汹的生活，他问："有事儿吗？"

生活说："这个月的爱情保护费，交一下。"他转身在你的小脸蛋上，像啄木鸟一样亲了三口。

生活一下子蒙了，他以为看到的会是你们相互抱怨、争吵、冷战，谁知道你们来了这么一出，他措手不及啊，谁敢欺负相爱的情侣呢？

生活甘拜下风，转头对跟着他的跟班说："记住喽，以后少招惹相爱的情侣，否则会自取其辱。"

那天，他觉得生活好像也没那么苦，有你嘛，你是他平淡生活里最甜的那一颗糖，亲一口，状态马上复原。

丝瓜问："你的意思是，相爱可抵万难吗？"

西蓝花笑着说："相爱是长久的力量，温柔而平淡，胜过一切炙热与疯狂。"

这世上从不缺陪你激情跑100米的人，婚礼上鞭炮一响，你就看吧，他跑得多激情，拼尽所有的力量跑完100米。可是，100米以后呢，婚姻的距离是以万米为单位的。

能陪你到最后的，永远是那个节奏稳定的人，包括情绪稳定、性格稳定、遇事稳定。即使那天有风有雨，他还是陪着你走了很长一段路，风雨有他，晴天有他，他一直都在。

慢慢来，感情是不讲爆发力的，拼的是持久力，长情才是一个人给另一个人顶级的浪漫。他爱你一时，一点也不稀奇，稀奇的是，爱你一世。那天黄昏，他步履蹒跚地走向你，用尽了一生的力量，来和你约定下一辈子再见。

丝瓜眼圈红红地说："自然的东西都是慢慢的，你看，种子开出花，燕子衔泥垒成家。那些急切、剧烈、狂热的，往往是灾难，比如烫嘴的麻辣牛蛙、促销的一口价以及爱而不得的放不下。我好像突然明白了一件事。"

西蓝花问："什么事？"

丝瓜笑着说："等下次生活再上门收保护费，轮到我亲他了，这一次，我要给他草莓味的亲吻。"

山药：为什么他现在不像婚前那样对我好了？

◇ 你坦然地享受了他的好，并误以为这就是日常，而其实，那是恋爱里的高光时刻。
◇ 爱一定是双向奔赴的，过去他奔向你，现在你奔向他，你必须走过他爱你时走过的路，你才知道他有多爱你。

西蓝花开了一家"爱情招待所"，在冰箱三层。

那天，来的第 47 个顾客是山药。

山药问："怎么调整婚前婚后的巨大反差？"

西蓝花说："你知道这个反差来自什么吗？"

你看，结婚前，他对你可好了：下雨了，一定会去接你；你馋了，一定给你买麻辣小海鲜；你委屈了，会陪你聊一整夜。

为什么？因为关系还不稳定，他先喜欢你的嘛，先付出，以此来维系这段关系。

你玩过跷跷板吗？荡啊荡，一上一下，可好玩了。可是，你知道吗？一开始之所以能荡起来，全是因为他在发力，你被宠成了小孩。

后来，你们结婚了。你想玩跷跷板，他说太累了，不想玩。

那一刻，你难以接受，结婚前他不是这个样子的啊，那时的他对你有求必应。

为什么？因为一旦结婚，领了证，在他的认知里，关系稳定了，不需要再持续付出。换句话说，为了留住你，他才玩跷跷板，而他本身并不喜欢，过去他跟你在一起时，很多情绪是克制的。

那时，他累，他委屈，他隐忍，目标是娶你。

你坦然地享受了他的好，并误以为这就是日常，而其实，那是恋爱里的高光时刻。现在你想让他再像恋爱时那般待你吗？所有爱情馈赠的礼物，都已在暗中标好了价格，那时你还没结婚，还不知道。

怎么办呢？见效最快的方式就是，从前他追你，现在你要追他，让他感受到原来恋爱是如此快乐，对他进行情绪补偿。

过去你在一段被宠爱的时光里，并没有学会爱，你走了捷径，是人家主动爱你的。蓝莓山药很好吃，你很喜欢，但是你并不知道它是怎么做的，因为那是别人亲手做给你的。

现在，你要主动去了解应该以怎样的方式去爱他。爱一定是双向奔赴的，过去他奔向你，现在你奔向他，你必须走过他爱你时走过的路，你才知道他有多爱你。

跷跷板只有两个人都发力，一上一下，荡起来，才好玩。

山药沉默了一会儿，说："我好像确实不知道该怎么爱他。"

西蓝花说："我们好像都走上了一条奇怪的路，觉得爱呢，要去经营，把所有的精力和注意力都放在对方身上。他今天爱我，我就得意扬扬；他今天不爱我，我就垂头丧气。路走窄了。"

为了抓住他的心，先抓住他的胃，见效快吗？快！但是不治本。讨好是一条捷径，你累的那一刻，关系就崩塌了。

你看，当初他一眼就喜欢上你，无论付出什么，都想娶你回家，娶回家为什么又不"珍惜"了？这不是前车之鉴吗？

我的意思是，人这一辈子，看上去要处理好多痛苦、困扰、焦虑的问题，其实都是一件事：处理与自己的关系。

现在你身上挂的念头太多，遮住了你自身的光芒。去点燃自己心中的火，而不是借别人的光。当你燃烧起来，自有飞蛾奋不顾身地扑向你。经济自由和精神自由，总要有一个在路上。

现在的你，不是他不喜欢，而是你不喜欢。

最终你会明白，当初他喜欢你的那一刻，你并没有为他做什么，你只是做了最好的自己，那时的你，好耀眼啊！

结婚愈久愈发现，舒服的婚姻，就 3 个字：破情关。

经营亲密关系的过程中，有解决不完的问题。你越跟什么纠缠，什么就越消耗你，你越为小事烦恼，就越有烦恼不完的事。老话说："拿着锤子的人，看什么都是钉子。"你只有站在一个更高的纬度，看见自己，喜欢自己，那些问题才会自动消失。

破除你在情上的一切执念，无论是爱情、亲情还是友情，走向自己，这条路会越走越宽。

烤冷面：亲密关系是在哪一刻渐行渐远的？

◇ 人跟人之所以走向深度关系，靠的不是日常生活，而是关键事件。

◇ 你觉得幸福是什么样子的，就去收集幸福的碎片，哪怕一天一片，也没关系。

◇ 人这一辈子，其实挺有意思的，换个脾气就换条命，换个视角就换个世界，但是换个人，该你解决的课题，一个也不会少。

西蓝花开了一家"爱情招待所"，在冰箱三层。

那天，来的第 48 个顾客是烤冷面。

烤冷面说："我才结婚 3 年，可是，婚姻里的疲惫、无力、孤独，快要把我折磨疯了。"

西蓝花说："我给你讲一个故事。"

有两只乌鸦，一只叫乌乌，一只叫鸭鸭。他们口渴了，到处找水喝，恰巧碰到一个水瓶，可是只有半瓶水，怎么办？

乌乌笑着说："这题我会。我们找石子，丢进水瓶里，石子越多，水就会慢慢升上来。"

鸭鸭说："你去找石子，我守着这半瓶水。"

乌乌叼来一块石子，扔进水瓶里，果然，水上升了一点儿。

石子一块一块地往里丢。

眼瞅着水就要升到瓶口，快要升到他们能喝到的地方，乌乌累了，他觉得鸭鸭不关心他飞得累不累，只关心他有没有叼石子回来。

可是，鸭鸭也有烦心事。

一只狐狸盯上了水瓶，差一点就把瓶子骗走了。

那天，他们心事重重，谁都没有讲出来。

乌乌飞出去，再也不叼石子回来，鸭鸭呢，还要面对野猪、大灰狼。水呢，永远卡在瓶颈区。

亲密关系是从哪一刻开始渐行渐远的？

自己扛。

你觉得自己扛是爱对方，不给对方添麻烦。可是，真正的爱，是分担麻烦，你的快乐、痛苦，对方都要参与，这才是在一起的意义。

一个人扛。

当然会疲惫，你的精力会被无数生活的小事分割、消耗，甚至谁来拖地、谁来洗碗，都要掰扯很久。

当然会无力，你不知道该怎么结束，陷入无话婚姻、无性婚姻、无爱婚姻。

当然会孤独，你真正想要做决策的那一刻，身边没有商量的人，没有给你拿主意的人，没有支持鼓励你的人。

人跟人之所以走向深度关系，靠的不是日常生活，而是关键事件。

追问爱不爱，是没有意义的。

真正有意义的，是我也尝试叼回石子，懂得了艰辛；是你努力打败狐狸，战胜了恐惧。我们分担疲惫、无力、孤独，我们共享喜悦、富裕、荣耀。我们啊，只是分工不同，但是爱得难分伯仲。

结婚那天，我们都遇见了这半瓶水。

有人往瓶里加石子，水喝完就没了。也有人，走了很远很远的路，找到一条河，把水瓶灌满。

亲密关系的每个阶段，都有这个阶段该完成的课题。

你恋爱后，就要面临结婚课题；你结婚后，就面临生子课题。随着关系深入，你要面临婆媳关系、亲子关系、金钱关系、价值冲突，这一切的底层逻辑，是如何重塑亲密关系。

去爱你生活里一切让你喜悦的事物。

警惕一切分走注意力、精力、财富、情绪的课题，停止向一切负面行为输送养分，不要跟问题和痛苦纠缠。你觉得幸福是什么样子的，就去收集幸福的碎片，哪怕一天一片，也没关系。

你想吃烤冷面，那就去烤，而不是抱怨蛋炒饭里的米粒有点儿硬。

爱真正走向成熟的一刻，不是把冷面重新加热，而是知道你要吃什么。烤冷面并不是铁板之上唯一的答案，麻辣鱿鱼、疯狂鸡翅、香煎牛排，都可以。

人这一辈子，其实挺有意思的，换个脾气就换条命，换个视角就换个世界，但是换个人，该你解决的课题，一个也不会少。

我的意思是，你应该为你想要的生活，全力以赴。不要被某一个已知条件，限制了人生的丰富性。

糖醋鱼：一个男人真心拿你当老婆，是不是就会愿意为你花心思？

◇ 爱的内核是理解，是合作，是稳定，是给予彼此最坚定的认可。
◇ 爱，是这世上最美妙的能量，它会吸引美好的人、事、物到你的身边。
◇ 生活百般刁难，反而是助攻。能够打败爱情的，从来不是外力，而是内讧。

西蓝花开了一家"爱情招待所"，在冰箱三层。

那天，来的第 49 个顾客是糖醋鱼。

糖醋鱼问："一个男人真心拿你当老婆，是不是就会愿意为你花钱，为你花时间，为你花心思？"

西蓝花说："想一下，你有什么，值得他对你好？"

你知道的，这世上没有无缘无故的爱。

凭什么？

我给你讲一个萍水相逢的故事。

那天，下了一场大雨，快要干涸的池塘，一下子满了、溢了，有一条鱼好奇，这水会流向哪里呢？

青蛙说："江河湖海。"去吗？战吗？以最卑微的梦。

去啊。

那鱼一跃，跃进了大雨冲刷出来的河道里。

一开始水流急，他玩得好欢乐啊，游啊游，游啊游，水流越来越小，他越来越吃力。这时，他碰见了一条如他一般的鱼。

爱嘛，天时地利的缘分，原来你也在这里。

我读过你读过的书，你游过我游过的溪，聊着聊着，好开心啊，这世上怎么会有如此懂你灵魂的人啊！聊得太投入了。

谁都没注意，烈日当头，那水一点一点地消失，等他们发现的时候已经晚了。

只剩下一小洼水。

可是，还有爱情啊！

别怕，我用唾液为你擦拭，相濡以沫。

水越来越少，直到他们的后背彻底暴露在阳光下。

一条鱼好像看见了过去的自己，他突然问："你的梦想是什么？"

来自池塘的那条鱼说："江河湖海里太卷了，我想回到池塘，你呢？"

提问的鱼愣了一下，恰巧来了一场大雨，他顺流而下，去了江河湖海。

你说他们会后悔吗？

早一点聊起未来，那该多好啊！萍水相逢，也便相忘于江湖。可是，那爱，太美妙了，让他们沉浸在当下的契合里，错过游向各自梦想的机会。萍水相逢，水没了，爱也就干涸了。

子非鱼，安知鱼之乐。

我的意思是，你愿意为他花钱，为他花时间，为他花心思，相濡以沫吗？

如果你没那么心甘情愿，那你也就懂了，己所不欲，勿施于人。

爱是相互的，不要美化那一条没有走的路。

你拿他当老公，你就是他的老婆；你拿他当王子，你就是公主；你拿他当糖醋汁，你就是鱼。

爱的内核是理解，是合作，是稳定，是给予彼此最坚定的认可。那一刻，你们做了最好的决定：命给你。

我知道，你爱我如爱生命，无怨无悔。

后来，待在原地的那条鱼，没有等到另一场大雨。

如果故事的结局配不上开头，那说明，故事还没有到最后。

你知道的，伏笔总是埋在最初，返回去看一下，那里有一只青蛙。

不用怕，朋友会第一时间赶来。

天若有情，自然不会让相爱之人分离；天若无道，没关系，自有朋友拉你一把，把你带出是非之地。爱，是这世上最美妙的能量，它会吸引美好的人、事、物到你的身边。那些我们以为爱情里过不去的坎，其实，答案都在最初。那时的爱，既干净又干脆，遇见了，就爱了。

生活百般刁难，反而是助攻。

能够打败爱情的，从来不是外力，而是内讧。

怎么说呢？

爱一旦建立在外物的证明上，其实就是不爱了，就变成了欲望交换的筹码。你知道的，外物的价值，是爱赋予的。爱呢，从前就是奖励；不爱呢，从前就是惩罚。

不要因为走了很久，步子快了，胃口大了，欲望多了，就忘了初心，去享受爱本身，去更好地成为自己。

你才是一切爱的前提。

香辣鸡翅：在一段关系里，凭什么赢得别人无条件的信任？

◇ 没有任何一场不合时宜的爱情，值得你赌上后半生的情感信用值。一次不忠，满盘皆输。

◇ 一段关系，一旦丢了心疼，好像也就变得可有可无了。

西蓝花开了一家"爱情招待所"，在冰箱三层。

那天，来的第 50 个顾客是香辣鸡翅。

香辣鸡翅问："婚姻上半场，拼的是爱情，那么下半场，拼什么？"

西蓝花说："情感信用值。"

在一段关系，凭什么赢得别人无条件的信任？

凭借你的人品、你的为人、你的价值观。换句话说，你懂规矩，接受文明的约束，不让自己陷入情感外债的危机里。

你清楚，没有任何一场不合时宜的爱情，值得你赌上后半生的情感信用值。一次不忠，满盘皆输。

我给你讲一个故事啊。

院子的墙角，有一棵桃树。

七年了，长得又高又大。

有一天，桃花听见墙外欢声笑语，有点心动，墙外有什么啊？

然后，它的一枝，慢慢地，越过了墙。

路过的人好兴奋，快看，快看，这桃花好美啊，摘一朵吧！你很生气，这七年，你陪这桃树经历了多少风雨，尝过多少辛酸，它却在墙外开了花。

砍了吧，不舍得，七年的心血，付之一炬。

原谅吧，不甘心，你接受不了属于你的桃花有一刻也属于别人。

怎么办？

可能，让你难受的，是此刻你的身份被模糊了。

你看啊，你拿它当"宠物"，它就该属于你一个人，为你开花，为你结果。你拿它当"工具"，桃花仙人种桃树，又摘桃花换酒钱。

爱和利益，对于当下的你，哪个重要呢？

有句话是这么说的：你终会明白，利益比爱情重要；你还会明白，爱情比利益更难得；但最后你会明白，对的人一定会维护你的利益。

那天晚上，你失眠了，下了一场大雨。

夜来风雨声，花落知多少。

是啊，多少呢？

无所谓。

你意识到，一段关系，一旦丢了心疼，好像也就变得可有可无了。

你拿着斧头，走向了桃树。

有朋友拦着你，劝你说多大事儿啊，不至于。

你还是毅然决然地砍掉了那棵桃树，也顺带砍掉了自己的妥协。我以为你会哭，可是你并没有，你只是拿起锄头，一点一点松土，然后撒上种子。

没过多久，你有了一片小菜园。

后来，有一天，又是大雨。

你拿起雨伞，冲进院子里，撑在西红柿的上空。就这味儿，对了，是心疼，这才是爱该有的样子，无论多大风雨，我都坚定地站在你身边。

那西红柿长势喜人。

我的意思是，你拌的西红柿一定很甜，因为那天，你说的是一生一世。

如果当初你做了另一个选择呢？

可能你有了一树的桃子，换了很多酒钱。

酒醒只来花前坐，酒醉还来花下眠。半醒半醉日复日，花落花开年复年。

你没办法劝那棵桃树收敛一下枝叶，你也不想让自己陷入失去的恐惧，担心它下一次枝繁叶茂。信任这东西，有且只有一次，你很清楚，你站在桃树下那一刻，不浪漫了。

　　其实，怎么选，都可以。

　　我们靠近一个人，离开一个人，都是为了幸福。有人问你值不值得，有人问你开不开心，也有人问你累不累。

　　你得有自己的标准，因为无论哪一个选择，到最后还是得靠你自己去执行。无论在哪一种关系里，都得有一个前提，你喜欢这段关系里的自己吗？

玖

陪伴的意气

你跟一个人在一起，内心平静、充实、惬意，没有用力维护的感觉。你知道他是你的，不用确认，他也知道你是他的，不用确认，相视一笑，大家就懂了。

茼蒿：你怎么确定那个人会爱你很久？

◇ 你们是相同的人，你只是晚熟一点而已。
◇ 检测爱的最终途径是，你有能力把它传播给另一个人。
◇ 爱在行动中升级成新的爱，永远新鲜、永远浪漫、永远默契。

西蓝花开了一家"爱情招待所"，在冰箱三层。

那天，来的第 51 个顾客是茼蒿。

茼蒿问："你怎么确定那个人会爱你很久？"

西蓝花说："2 个字，默契。"

你跟他在一起，相视一笑，就懂了对方的意思。这种默契的基础是你们前期进行了大量共享——共享经历，共享习惯，共享三观。你们在共享中，得到了一个成长加速包，叫"同好"。

共同爱好，共同变好。

共同爱好，让你们走到一起；共同变好，让你们走得更远。

默契，会激活其他的品质，比如耐心，你不懂没关系，我教你。比如信任，你放心去做，你一定能做好。比如尊重，你不会也别怕，还有我呢，我也不会。

人生最重要的是遇见一个愿意与你一起进步的伴侣，他并不会因为比你懂的更多就嫌弃你，而是温柔地给你讲解，让你理解，还安慰你，没关系的，我只是比你早知道而已。

你们是相同的人，你只是晚熟一点而已。

茼蒿问："怎么才能越来越默契呢？"

西蓝花笑着说："告诉你一个'火锅恋爱法'"。

茼蒿一愣："啊？"

西蓝花说："什么叫'火锅恋爱法'？"

你这一辈子跟毛肚，本是没有交集的，可是，有了火锅。那天，他牵着你的手，小心翼翼地跳进热辣滚烫的牛油锅里。你紧张、害怕，他笑着安慰你，不怕，来，跟我一起数，1、2、3、4、5、6、7、8……你跟着他，小声地应和着，1、2、3、4、5、6、7、8。

8秒钟，你们都成熟了。

然后，你们一起离开火锅，一起奔向蘸料小碗，翻滚啊翻滚，你们有了相同的味道，又有不同的口感，好美妙啊！

检测爱的最终途径是，你有能力把它传播给另一个人。

爱不取决于你给了什么、给了多少，而是取决于对方接受了什么、接受了多少。表达爱，很有讲究的，有四步。

第一步，概念。

你想给予对方什么样的爱？关心、理解、共情？把它简化成对方能听懂的词汇，和能感受到的行动。

第二步，验证。

把爱的词汇和行动，应用到你们的日常里，看对方有没有在你的爱里感受到快乐、力量、温暖。

不可避免的是，对方要麻辣烫，你给的是冒菜，但实际上你们真正想要的是火锅。没关系，深入了解对方，就是爱推进的过程，卡在哪里，就回到第一步去调整词汇和行动。

第三步，接受。

定期更新词汇和行动，保留对方接受的，并不断地迭代。对方在你的爱里，感受到诚意、热烈、惊喜，所有被接受的爱，就成了默契。

第四步，反馈。

他在用你爱他的方式，来爱你。同理，你也在用他爱你的方式，来爱他。互相学习，互相进步，共同爱好，共同变好。

爱在行动中升级成新的爱，永远新鲜、永远浪漫、永远默契。

茼蒿叹了一口气说："听上去，好难啊！"

西蓝花笑着说："也有简单的 2 个字。"

茼蒿问："哪 2 个字？"

西蓝花说："安静。"

你跟一个人在一起，内心平静、充实、惬意，没有用力维护的感觉。你知道他是你的，不用确认，他也知道你是他的，不用确认，相视一笑，大家就懂了。

豆腐：在一段感情中失去分享欲，怎么办？

◇ 生活继续，只是每天往生活里加一个反差的小事件就好了。
◇ 你唤不醒一个装睡的人，可是你的反差，会让他主动唤醒自己，走向你。

西蓝花开了一家"爱情招待所"，在冰箱三层。

那天，来的第 52 个顾客是豆腐。

豆腐问："在一段感情中，失去分享欲，怎么办？"

西蓝花说："其实，你想问在这漫长的一生里，如何重新爱上同一个人。"

两个人走到最后，也就三句话：为什么？凭什么？有什么？

如果你想不通，一生都会被困扰。就像你的情感账户里没爱了，你去向这个借，向那个借，到头来你会发现，最后还是得靠自己。

爱只救急不救穷。为什么是他？凭什么还是他？他有什么值得你一生追随？

说到底就 2 个字，唤醒。

为什么是他？ 20 岁那年，他唤醒了你的爱，你爱他的热血。

30 岁时，凭什么还是他？ 10 年啊，足以把一个人的满腔爱意耗尽，因为他唤醒了你的心，你爱他的野心。

40 岁，你在生活里摸爬滚打，见惯了尔虞我诈，而他唤醒了你的灵魂，崩溃时你们在无尽的深夜里拥抱。

我的意思是，滔滔不绝是他，沉默寡言也是他。少年不懂愁滋味，奔走半生，归来时，乡音无改鬓毛衰，他是你的第二个故乡。

如果你问我，爱是什么？

我会告诉你，爱是春种夏长、秋收冬藏，每一个阶段都有每一个阶段的节奏。

低头种花时，不问苍天有没有雨；抬头望星时，不问花有没有开。爱意浓时，那就炙热享用；爱意沉睡时，就让爱好好休息一下。不要急，不要慌，等你攒够星光，等他攒够滚烫，爱就会被唤醒。

豆腐说："可是，我听人家说分享欲不会消失，只会转移，我怕的是别人唤醒了他的分享欲。"

西蓝花问："别人凭什么唤醒？"

豆腐说："凭撒娇啊，凭崇拜啊，凭倾听他的英雄气短，凭他跌倒时扶了他一把，凭激起他的保护欲，凭……"

西蓝花笑了。

豆腐问："你笑什么？"

西蓝花说："你看，你都知道啊，可是你不做。你说他的爱会被谁唤醒？是给他撑伞的人，还是陪他在大雨里奔跑的人？"

豆腐摇摇头。

西蓝花接着说："一段关系走到一定阶段，形成了日常，你们就会倦怠、疲惫、无聊。很正常，就像一个人被困在同一天，一开始觉得很新奇、很有意思，可是如果要把一天过365遍呢？"

能一次次唤醒爱的，是反差。

你喜欢现在的自己吗？

不喜欢，却又不知道怎么改变，没关系，重新换一个发型，重新换一种穿衣风格，重新换一种口味。以前是以前，现在是现在，清炖的变麻辣，红烧的变凉拌。生活继续，只是每天往生活里加一个反差的小事件就好了。

你懂吧，分享不只是嘴上说了什么有意思的事，你在变成一个与过去截然不同的人，也是在分享你的生活态度。花开不是为了蝴蝶，可是，后来蝴蝶来了。一棵没用的树会被留在原地，有用的树后来都离开了森林，成了桌椅板凳、橱柜等等。

分享只是告诉他你怎么了，可是你的反差会让他主动探索你怎么了？你唤不醒一个装睡的人，可是你的反差，会让他主动唤醒自己，走向你。心急的人，吃不了热豆腐。

当你向他分享对生活的热爱，爱就一点一点存进了你的情感账户，不要只是去分享话题，要成为话题本身。

球生菜：持续爱一个人有什么秘诀吗？

◇ 爱最重要的一件事，是克制，克制你的表达欲，克制你的分享欲，克制你的占有欲。

◇ 你只有放弃以一种糟糕的方式去爱人、去爱自己，才真正拥有爱。

西蓝花开了一家"爱情招待所"，在冰箱三层。

那天，来的第 53 个顾客是球生菜。

球生菜问："持续爱一个人有什么秘诀吗？"

西蓝花说："2 个字：节奏。"

你看，那座山又远又高，想爬吗？想。

这一刻，谁能拦住怀着满腔爱意和激情的你，拦不住的。你一个箭步冲出去，然后呢？几百米在漫长的一生里可以忽略不计，可是你累得哈呼哈呼地喘粗气，抬头望，山还在遥远的地方。

你知道吗？

爱最重要的一件事，是克制，克制你的表达欲，克制你的分享欲，克制你的占有欲。找到属于你的节奏，起承转合，娓娓道来。你看，世间万物，哪个的状态不是起起伏伏，有花开，有叶落。不以物喜，不以己悲，这都是自己的造化，荣枯随缘。

持续不是说你要坚持啊，你要挺住啊，持续是说你可以放弃，你也要允许自己放弃。那天，你累了，他烦了，你们大吵了一架，感觉爱不动了。没关系，那就今天不爱他。

明天还没解气，那就明天也不爱他了。

没关系的，不过是一场大雨，道路泥泞，那就不要赶路了，留下来。你看，天雨再大，不润无根之草。

你们之间的爱，有根啊。

等哪一刻，冷静了，气捋顺了，爱就会浮现出来，不着急。天有不测风云，人有喜怒哀乐，本就是常情。

千万不要憋着，忍着，委屈着。你看，该下雨时不下雨，该刮风时不刮风，明明两个人关系紧张了，气压低了，还非要维持情绪稳定干吗呢。你知道的，台风暴雨都是灾害。

坚持一定很累，放弃一定很爽。

正是在放弃的那一刻，你有了持续的力量；正是在放弃的那一刻，你理解了爱对于你的意义。你想好好爱他，那就拿自己最好的状态去爱他。那天，大家状态都不好，就不要硬凑在一起，各忙各的，这世上能补充能量的，不只是爱情。

等大家都恢复状态，那一刻，小别胜新婚。

球生菜问："是不是好好爱自己，才是爱一切的前提？"

西蓝花说："接住，只是一时的浪漫。如果一个人总是要接住你的情绪，也会累。真正浪漫的是接纳，承认自己某一刻情绪很糟糕，允许自己接不住。"

最终你会明白，一件事如果需要你坚持，需要你硬扛，需要你很用力，对你而言一定是巨大的消耗。在消耗中，你是不可能学会如何去爱的，你只有放弃以一种糟糕的方式去爱人、去爱自己，才真正拥有爱。

你今天不爱他，能怎样呢？

他今天不爱你，又能怎样呢？

没开花的日子里，一定在长叶子，一定在深扎根。你要稳住自己的节奏，不要被外界的风风雨雨给带偏了，也不要跟自己较劲儿。

你看，那山又远又高，中途放弃的人，往往都是一开始冲劲十足，反而那些一步一个脚印的人，最后站在山顶之上。

不爱的那些日子，一定是在促使你放弃一些糟糕的东西，不是让你放弃那个人，而是让你重新回到属于自己的节奏，接纳才是爱最高级的表达。爱意起起伏伏，本就是日常。

别着急，走着走着，一抬头，嚯，来到了山脚下。

榨菜：长久的感情靠什么维系？

◇ 人跟人的悲喜并不相通，可是，被倾听就很好啊！
◇ 一次闲聊，特像漫长人生路上的一个服务区，一个加油站，一个可以暂停的缓冲区。
◇ 他给你的爱，也是他最想得到的爱。

西蓝花开了一家"爱情招待所"，在冰箱三层。

那天，来的第 54 个顾客是榨菜。

榨菜问："长久的感情靠什么维系？"

西蓝花说："我们设置一个空空的房间，邀请一对夫妻进去聊天，一个小时后，我们基本上就会知道他们会不会离婚。再邀请一对情侣进去，你就会知道他们会不会结婚。这一小时，发生了什么？"

就是闲聊。

闲聊最容易体现两个人关系的轻松度、兼容度、尺度。谁主导话题的开始，谁喜欢分享，表达有没有给对方施加压力，一场谈话后大家有没有完成有效的情感释放？闲聊应该是亲密关系里最重要的能力之一。

你看，相爱多年，能把小酒小菜摆上桌后一起闲聊，那是疲惫生活里多么浪漫的治愈。人跟人的悲喜并不相通，可是，被倾听就很好啊！想到哪儿、说到哪儿，发发牢骚、吐吐槽，分享、开玩笑、讲趣事，放心地把自己所有的情绪交给对方，不聊正事、只图开心，那一刻，全身心地跟那个人在一起。

可能，我们一生所追求的爱，一开始就拥有了，只是那时候不知道。

有个词叫"朝花夕拾"。

是啊，傍晚时看见那花落了，有点惋惜。你拾起来，才突然意识到，早上时它开得好美。

我的意思是，你遇见的那个人，好美。只是，你太急了，太浮躁了，太想要拿到一个结果，忘了停下来看一眼那个人，问问他，这也是你想要的生活吗？

我一直觉得，一次闲聊，特像漫长人生路上的一个服务区，一个加油站，一个可以暂停的缓冲区。大家都会累，都会烦，疲劳驾驶会出很大问题的，所以靠边停下来。

你告诉他，最近状态很不好。

适当的脆弱，会激发对方的保护欲；适当的求助，会激发对方的分享欲；适当的爱意表达，会激发对方的探索欲。

他真的很用心在听你说，真的很用心在理解你，在他那里，你得到了安慰、支持、鼓励、方法。看上去，他爱你更多一点，不不不，其实，他也在教你怎么去爱他。

他给你的爱，也是他最想得到的爱。

换句话说，你要制造对方爱你的机会。

爱是需要常常练习的，熟能生巧，不能说结了婚，就把爱搁置了。你看，一把刀很久不用会生锈，用久了则会钝，需要磨砺。

我不喜欢刀子嘴，豆腐心。

只要是人，遭受语言暴力，就会疼啊。这不是直爽，干吗要把恶意的词汇，放在自己爱的人身上呢？

有那么多美好的词汇用来描述爱，一生都用不完啊！长久的感情靠什么维系？——好好说话。

好好说话，依靠的是大量的积极词汇，就这么说吧，你把每天说的话，替换掉一个消极的词。慢慢地、慢慢地，你会发现，生活就变温柔了，其实，是你先温柔的。

所以，再回到那个空空的房间，你听，那对夫妻在闲聊。

每一句话都在抚平生活的褶皱，每一句话都携带了愉悦的能量，每一句话听完都让人好舒服。

使用积极词汇远远多于消极词汇的两个人，就是更容易相爱，更容易结婚，更容易白头偕老。

好好说话，真的是亲密关系里最温柔的浪漫，也是永远的浪漫。

汉堡包：那些在一起很久很久的伴侣，到底做对了什么？

◇ 我们体验任何关系，不是为了拥有那个人，而是体验幸福本身。
◇ 辜负美食的人和辜负真心的人，本质上没有什么区别，都是在一段关系里恃强凌弱。

西蓝花开了一家"爱情招待所"，在冰箱三层。

那天，来的第 55 个顾客是汉堡包。

汉堡包问："那些在一起很久很久的伴侣，到底做对了什么？"

西蓝花说："吃不了，兜着走。"

一段亲密关系里，很重要的一个能力，叫打包带走。

缘分，比我们想象中丰富，我们确实享受了一部分，但是，剩下的来不及享受，扔了吗？

不要。

我们体验任何关系，不是为了拥有那个人，而是体验幸福本身。

你能感知到一段缘分里的愉悦、富足、自由，你越是珍惜，缘分越会被续上，等于说你在练习抓住幸福的能力，直到幸福成为你的习惯。

我给你讲一个故事。

那天，你恋爱了，你跟那个人约会，吃什么呢？

炸鸡。

你羞涩、激动、矜持，聊着聊着，好开心啊。你光顾着享受和那个人聊天的快乐，忘记了桌子上喷香的炸鸡。

到最后，剩了一些炸鸡。要不要打包带走？

要啊。

可是，炸鸡凉了，口感不好了。

没关系。

带回家，用微波炉热一下，还可以吃。

这不是关键。

关键是，因为有了一块炸鸡，你可能会去找两片面包；有了面包，你会去找几片生菜；有了菜，你会去找沙拉酱。就这么一点一点，你凑成了一个汉堡包。

生活就是一点点积累起来的，爱也是。

我的意思是，你跟他在一起，难免会遇到摩擦。

不要害怕，接受当下确实没有能力解决，不要把自己困在僵局里。

谈恋爱嘛，不就是一点一点相互了解嘛，谁能一下子就点好刚够两个人吃的。剩下了，又怎样，我们还有下一顿啊，怕什么？打包带走，不是小气啊，是懂得珍惜。这样的人，运气一定不会太差。

没关系，不要指责为什么点多了。

没必要没苦硬吃。

没事的，吃不了，兜着走。

那些打包带回来的东西，以它剩余的价值，足以撑起另一场相逢。你要相信，未来的你们，一定能接住当下吃不了的。所有问题，只要相爱，就会迎刃而解。

只要你拿出"吃不了兜着走"的气势，那么，你就会享受双倍的快乐，尽情享受当下，提前筹划未来。

或许，那天，你们剩下了炸鸡，没有打包带走。或许，那一刻，你们都认为，拿回去也是麻烦。

你们怕解决麻烦，怕承担责任，以为逃避就好了。

不就是几块剩下的炸鸡嘛，不打包又怎样？

是啊，不会怎样。

看上去很洒脱，很大气，很不在乎，其实，麻烦在后头。这种轻视、浪费、忽视的性格，会在亲密关系里慢慢暴露，辜负美食的人和辜负真心的人，本质上没有什么区别，都是在一段关系里恃强凌弱。

谁的婚姻里，没点大大小小的麻烦呢？

面对一遇到麻烦就躲的人，在你们结婚之前就注定了，你改变不了他的习惯。理性上的纠正，怎么能抵得过骨子里的性格？那些在感情里走得足够远、足够久的人，是一路上解决了大大小小麻烦的人，是兜着走的人，是敢真正审视自己、接受自己吃不了的人。解决问题不难，难的是，接受事与愿违。

性格相似也好，互补也好，最重要的，是合得来。

甜沫：两个人靠什么相互吸引？

◇ 你爱的是那个人，婚姻只是一个壳，你把美好的感受，一次次注入新关系里，才让婚姻有了幸福的含义。
◇ 一种关系无法撑起丰富的爱，就像一双鞋陪你走不远，一杯酒解不了多少愁。
◇ 爱一直存在，是爱的感受一直在变，你跟不上，就感受不到爱。

西蓝花开了一家"爱情招待所"，在冰箱三层。

那天，来的第 56 个顾客是甜沫。

甜沫问："是不是所有的关系，都是阶段性的？那么，在长久的亲密关系里，靠什么相互吸引？"

西蓝花说："关系是阶段性的，但缘分不是。"

你看，你走了那么远的路。

雨鞋陪你走过下雨天，运动鞋陪你爬过山，高跟鞋陪你挤过早班的地铁。然后呢，它们旧了，破了，断了。

你会拥有一双新鞋。

可是，自始至终，所有的路都是脚一步一步丈量出来的。

重要的，是感受路，不是赶路。

你看，桌子上那个杯子，空空的，什么也没有。

早上加牛奶，晚上加美酒，哪天放纵一把，加可乐、再加冰，那一口冒着泡泡的可乐，多过瘾！当你不再盯着杯子，你便有了更大的世界。

你会有一杯新咖啡。

重要的，是探索爱，不是试探爱不爱。

你看，你跟一个人恋爱了。一开始，爱得炙热、纯真、疯狂，你们是命中注定的恋人。然后呢，一年、两年、三年，得往前走啊，在走红毯那一天，说了那句我愿意。

一段恋爱关系的结束，是另一段夫妻关系的开始，缘分没结束。你爱的是那个人，婚姻只是一个壳，你把美好的感受，一次次注入新关系里，才让婚姻有了幸福的含义。

一段关系，会陪你走到它力所能及的位置，然后把你交给下一段关系。你的感受，你的探索，一次次，续上了缘分。所谓缘分，就是关系的一场接力赛。

不必害怕一段关系结束，下一段关系一定能接得住。

你爱的是那个人，所以，在那个人身上，你会感受到更宽广的爱。

我的意思是，无数双鞋子陪你走到他面前，无数杯饮料兑成婚礼上那一杯交杯酒，无数美好的、糟糕的、平淡的相爱瞬间，最后成就了一场缘分。

爱一辈子，算长久吗？

所以，你得想办法，爱上每一个阶段的他。

我说的你，不是最初那个情窦初开的你，是后来的每一个你，你也在变啊！你们的关系由暧昧到确定关系，从恋人到夫妻，再到亲人。

一种关系无法撑起丰富的爱，就像一双鞋陪你走不远，一杯酒解不了多少愁。所以，脚在，杯子在，那个人在，你还想要怎样更好的爱？去探索、去体验，去倾听、去表达、去交流，去求证、去创造、去滋养。

一千个人眼里，有一万种爱，为什么？

因为人在长大，会变啊，过去的认知、经验、格局，都会随着你站的位置不一样，发生巨大的变化。就算是一个词，它的原本意思，也会随着时代的变迁而变化。我的意思是，有些词不适合表达爱了，要换一些词。

爱一直存在，是爱的感受一直在变，你跟不上，就感受不到爱。你感受不到，就会失望，失望后就会内耗、纠结、痛苦。

你在婚姻里为什么痛苦？

是你不愿意接受改变，是你不愿意接受长大，是你不愿意接受你们形成的新关系，是你不愿意接受爱一次次升级的提醒，是你不愿意相信下一次你们还会爱上。

可是，结婚那天，你明明说的是，我愿意。

拾

分开的底气

你借某人，完成了与自己某一部分的深度连接，与其说你得到了某人的爱，倒不如更精准地说你知道这爱来自你的哪一部分，你激活了这部分感受。

三角比萨：衡量一段亲密关系的标准是什么？

◇ 美好的关系，其实是互相走近，他丰富了你的生活，你喂饱了他的情绪。

◇ 你不是为大多数人存在的，你是为某个人存在的，这个东西叫爱情。但终有一天，你会感受到，你是为自己存在的，这个东西才叫爱。

西蓝花开了一家"爱情招待所"，在冰箱三层。

那天，来的第 57 个顾客是三角比萨。

三角比萨问："一个人慢慢冷落你怎么办？"

西蓝花笑着说："在亲密关系里，你得明白一个问题，我真的需要你的认可吗？"

你知道比萨和馕饼的区别吗？

比萨上面，有的铺满榴莲，有的铺满烤肉，有的铺满芝士火腿，才能招人喜欢。可是，馕饼呢，它就是一个饼，并不影响有人喜欢它。

有时候，我们太希望有人喜欢自己。于是，加芝士、加菠萝、加火腿，夏威夷风情嘛，到后来，身上的标签越来越多，反而看不见真实的自己。

其实，是我们不敢相信，怎么会有人只喜欢饼。

你知道吗？你遇见谁，只是说明阶段性合适。

大多数关系，走不到深度连接这一步，其结局都是慢慢疏远。

可是，终有那么一个人，他爱的是你本身。

所以，他能在每个阶段，都找到那么一个点，比如榴莲、芝士，或者是火腿、小龙虾，来丰富你、滋养你、成就你。他让你觉得，自己好厉害啊，居然可以接得住那么多搭配。

你装扮自己去讨好人家，人家腻了，就走了。可是，美好的关系，其实是互相走近，他丰富了你的生活，你喂饱了他的情绪。

深度的亲密关系，最难得的，就是这份耐心。

一个人守住了最初的美好，一个人发现了这美好。

我的意思是，一个人对你失去了耐心，就让他走吧。

太在乎别人的看法，太在乎别人的感受，太在乎别人的认可，这个毛病啊，你得改。你可曾见过谁低到尘埃里，用卑微守住了他的一生所爱？

没有。

衡量一段亲密关系的标准，就一个：你是否随着相处，越来越喜欢自己？

你跟谁谈恋爱，到最后，都是处理与自己的关系。

你借某人，完成了与自己某一部分的深度连接，与其说你得到了某人的爱，倒不如更精准地说你知道这爱来自你的哪一部分，你激活了这部分感受。

你感受到甜，是因为你的味蕾能识别甜。

你喜欢甜，是因为你能感受到与甜连接的那一刻，灵魂被滋养。你得知道，所有关于爱的感觉，都来源于自己，而不是别人给了你什么。你没有这个感觉，别人给你什么糖，都没用。

那个人不是冷落你，而是找不到与你深度连接的感觉。

换句话说他失去了味觉，吃什么都没滋味。

你不必遗憾，也不必难过。

他走了，只说明，上天为你安排了新的遇见。那个奔你而来的人，一定是准备好了味蕾，他能感受到你的美好。

你看，馕包肉，酷不酷？你不是为大多数人存在的，你是为某个人存在的，这个东西叫爱情。但终有一天，你会感受到，你是为自己存在的，这个东西才叫爱。

你生来就耀眼。

你的光，从来不是上面铺的榴莲、烤肉，或者芝士、火腿给的。你懂我的意思吧，是你攒的这个"比萨局"，他们为你而来，你是主人，主人哪有抢客人风头的道理嘛！那天，菠萝没来，没关系，祝他在"沙拉局"里玩得开心。

你应该拿出你的耐心，招待那些为你而来的朋友，你也要玩得尽兴。

柠檬凤爪：人是在哪一刻意识到一段恋爱关系要结束的?

◇ 谈恋爱，谈的是爱不爱，可是婚姻，谈的是你我到底想过怎样的人生。

◇ 浪漫不在生活、责任、担当的对立面，而在其中。

◇ 让人最难受的从来不是分开，而是，拖着拖着，错过了最好的岔路口，走了很多很多的弯路，也辜负了这一路的风景。

西蓝花开了一家"爱情招待所"，在冰箱三层。

那天，来的第 58 个顾客是柠檬凤爪。

柠檬凤爪问："人是在哪一刻意识到一段恋爱关系要结束的？"

西蓝花说："无效恋爱。"

只是在一起，但是没有进展。

我给你讲一个故事。

希腊神话里，有一个人物叫西西弗斯，他触犯众神，得到了惩罚。

什么惩罚？

就是把一块石头推到山顶。

可是石头太重了，每一次啊，当他差一点就推到山顶时，石头就会滚下山。就这么在无效和无望中，一次又一次，从山底出发。

你看，那些恋爱三五年的情侣，像不像西西弗斯？在一起，吵吵闹闹，分了又合，合了又分，永远差那么一点就结婚。

你永远看不到这段关系的进度条往前走。

你种一朵玫瑰，好歹能看到叶子绿了又黄，花开了又落，可是，你爱一个人，却不知道什么叫结果。

哪怕是一个阶段性成果，比如结婚呢？所以，这么多年，两个人在谈什么？

谈星座合不合，谈 MBTI 合不合，谈三观合不合，到最后，一碰婚姻，就退缩了。

谈恋爱，谈的是爱不爱，可是婚姻，谈的是你我到底想过怎样的人生。

恋爱是"磨皮"，情人眼里出西施嘛，可是婚姻，不跟你开玩笑，再契合的灵魂，都要磨掉一层皮。

所以，你看啊，去领一张结婚证花不了多少时间，可是大多数人缺的是勇气，一种重新定义浪漫的勇气。浪漫不在生活、责任、担当的对立面，而在其中。

真的婚姻，敢于直面平淡的日常，敢于正视琐碎的吃喝拉撒。

其实，你知道你跟一个人能走多远，只是你心里有一点不甘心，总以为再走一段路，万一有结果呢？你拿着筷子，迟迟不肯放下，总以为，还有一道菜，万一是你爱吃的，可是菜早就上齐了。

其实，大多数恋爱关系，都经不起一句"我们结婚吧"，就这一句，足以冲散曾经用文学、音乐、理想、深情构建的浪漫。

一段恋爱关系，为什么要有一个进度条？

踏实。

你看，路边这个指示牌，上面写着结婚，底下写着距离100km。人有方向，有奔头，就有抵达的动力。

站在指示牌下的那一刻，你就知道，你要不要去，他要不要去。

我的意思是，不同路的人，注定会分开。

但是，前面也不过是一段路。结婚并不是结果，它只是一段关系里一个里程碑式的标志。

往后还有很长的路要走。

知道彼此的心意很重要，至少那一刻，大家都懂了。不能同行，没关系，那就各自一路平安。

你说西西弗斯是哪一天停止推石头的？

是他推石头上山那天，遇见了一朵花。

他不确定，那石头滚下山的时候，会不会压倒那朵花。所以，他不推了，坐在石头旁边，看着那朵花。后来，花落了，他很难过，推着石头继续上山。

差一点到山顶，石头又滚下了山。

他又推着石头上山，推着推着，又遇见那朵花，花重开了。

让人最难受的从来不是分开，而是，拖着拖着，错过了最好的岔路口，走了很多很多的弯路，也辜负了这一路的风景。没结果，没关系的，可是，我们本该看到一些花开的。

茄子：真正的心死是什么体验？

◇ 我改变不了风，可是，我可以改变自己的帆。
◇ 你以为，你忍下这一次就好了，不不不，你忍下的，是未来每一次不对劲、不痛快。
◇ 真正的心死，到最后就是解脱，爱或者恨都不重要，你悟了，道不同不相为谋。

西蓝花开了一家"爱情招待所"，在冰箱三层。

那天，来的第 59 个顾客是茄子。

茄子问："真正的心死是什么体验？"

西蓝花问："说说你的症状。"

茄子说："那天我们一起看综艺，真的很好笑，我偏头望向他的时候，他对着手机笑。那种笑，我很熟悉，我喜欢上他的时候，也是这样笑的。"

我问他笑什么。他说没什么，工作上的事。

我给过他很多次机会，我知道他没做什么过分的事，可是他手机里那些暧昧信息足以摧毁我们的爱。

后来，开心的、难过的、委屈的、失望的，我也不是不回应，只是轻轻地哦了一声。那个曾经让我的内心翻江倒海的人，再也掀不起一点波澜。我知道，我改变不了风，可是，我可以改变自己的帆。

是不是，心死不是拉黑、不是删除、不是大吵大闹，就是很平静地对一切事物失去了兴趣和热情，包括希望本身？

西蓝花说："真正的心死，是一种情感上的放弃。"

就像心理学家弗洛伊德说的，未被表达的情感永远不会消亡，它们只是被活埋，并将在未来以更丑陋的方式出现。当一个人在感情中不断遭受挫折，心中的希望慢慢被失望所取代，最终选择放弃，这就是"心死"。

茄子问："我该怎么办？"

西蓝花说："你跟青椒在一起，说好的烧椒茄子，可是，那天出现了土豆。其实，让你难受的是：你退出，成全他们青椒土豆丝，你舍不得；进一步，地三鲜，绝对不可能。他头上一把达摩克利斯之剑，你心上有一个戈尔迪乌姆之结，怎么办？快剑斩乱麻。"

你跟一个人在一起那么久，好像离结婚总差那么一点意思，其实是上天在找一个机会提醒你，你们不合适。

可能大家都劝你，不就是一些暧昧信息吗，不至于。

但眼里揉进沙子，会疼；手上有了倒刺，会疼。不是别人身上疼，是你疼，不要嘲笑自己为爱勇于发声，你争取到的阳光也会照耀在他们身上。爱，永远不能向不爱低头。

暧昧就是原则问题，就是道德问题，就是底线问题。爱，让你委屈了，说明这爱不对劲。你以为，你忍下这一次就好了，不不不，你忍下的，是未来每一次不对劲、不痛快。

永远不能纵容一个人以爱的名义伤害你。

你有爱的权利，也有离开的权利，不珍惜你的人，不配拥有你的爱。真正的心死，到最后就是解脱，爱或者恨都不重要，你悟了，道不同不相为谋。

你们相识在某个深夜，可惜他是看月亮的，你是看日出的。

茄子说，一个男孩子怎么能用那么可爱的表情包，原来有人发给过他啊。他把日常分享给了另一个人，每一次分享都是一根刺，这刺把我扎成了小刺猬。他怎么能在我们的恋爱日常里，插入那么多跟别人的故事呢？

该惋惜的不是我，我觉得真正的心死，是我尽力了。

此刻我介意，我没法骗自己，我一辈子都会介意。谁能不介意呢，一颗给你的糖，你咔嚓掰一半，给了别人。在爱里，我做不到大方，我的，我的，都是我的。

但是，我可以大大方方地从这段关系里走出来。我要奖励自己一个开始。

西蓝花笑着说："大大方方地收回自己的喜欢，也很酷。"

茄子问："哪里酷？"

西蓝花说："号啕大'酷'。"

红薯：两个人缘分尽了，有什么征兆吗？

◇ 亲密关系的破裂，往往始于一个人有了秘密。你想知道那个秘密的时候，你就知道，自己已经输了。
◇ 爱需要大量的学习，也需要温故而知新。

西蓝花开了一家"爱情招待所"，在冰箱三层。

那天，来的第 60 个顾客是红薯。

红薯沉默了很久，才问："两个人缘分尽了，有什么征兆吗？"

西蓝花说："不再共享 4 样东西。"

第一样，真心话。

你感受不到他真正的在乎。

那天，你们公司裁员，你内心很慌张，想跟他商量一下万一被裁了怎么办。其实，你希望听到他说一句，没关系，还有我呢。

你知道，你还是会去找新工作，只是那一刻，你想要一个肩膀靠一靠。

可是，对方玩着手机，并没有在意你的情绪变化。你很失落，他很沉默。或许你早该意识到，你们已经不是一路人，你们的收入差距逐渐拉大，一个事业蒸蒸日上，一个原地踏步。一个努力工作赚钱，希望能够为这个家提供更好的生活条件；一个却在花钱的时候毫不犹豫，甚至觉得这是理所当然的事情。

关于钱，你们争吵过很多次，可惜，一个试图改变这种局面，一个总是不以为意。谁赚钱能力强，谁就有更多的话语权。

工作上的压力、家里的烦恼慢慢地累积起来，你感受不到任何的倾听与支持，你躲在无边的黑夜里，一点一点攒着失望。

可是，爱是共同面对问题啊！

红薯点点头，问："第二样东西呢？"

西蓝花不紧不慢地说："食物。"

那天，你特意提前回家，想要给他一个惊喜，做了一桌他最喜欢的菜。满怀期待地打电话给他时，电话那头传来的是他和朋友们的笑声，他告诉你，今晚他不回家吃饭了。

他总是抱怨你的厨艺太差，却从不关心你在厨房里花费的时间。

你们曾经一起吃过很多美食，从路边摊到米其林餐厅，但最近却很少在一起去吃饭了。不是因为不爱了，而是彼此在饭桌上没有了共同的话题和兴趣。

你们在一起的时间变得越来越少，每天忙于各自的工作和生活，没有多余的精力去陪伴对方。

你们曾计划好的旅行和看电影的计划，都被搁置在角落里发霉。你们曾经的梦想，也渐渐被遗忘在了时间的洪流中。

可是，爱是要在一起，做很多很多的事啊。

红薯眼圈红红地问："第三样呢？"

西蓝花说："密码。"

那天，你的手机刚好没电，你想查一个信息，便拿起他的手机，输入密码，显示错误。你一愣，以为输错了，又试了一次，再试了一次，那一刻你被密码拦在了手机外。

为什么曾经共同的密码，一个人偷偷换了呢？因为手机里，有了不想让你知道的秘密。你们曾用同一个账号登录社交媒体，分享彼此的生活点滴与心情，现在却变成了互相猜忌的根源，谁也不愿意再打开那扇门。

亲密关系的破裂，往往始于一个人有了秘密。你想知道那个秘密的时候，你就知道，自己已经输了。

可是，爱本就是互相袒露啊。

红薯抹了一下眼睛，问："第四样呢？"

西蓝花说："性。"

多少人走进了无性婚姻，没有爱，也没有性。没有沟通的渠道来表达自己的需要和感受，又怎么能撑起一段婚姻呢？

你们曾经是激情四溢的一对，但现在似乎已经失去了性吸引力。他不再主动提出要求，你也开始对性感到厌倦。你们之间的关系变得平淡无奇，甚至，没有拥抱，没有亲吻，时间终究收回了你们所有的激情。

爱需要大量的学习，也需要温故而知新。沟通，是在交流中给予反馈，而不是一味地接受或反驳；沟通，是在争执时保持冷静，而不是让情绪控制理智；沟通，是尊重对方的意见和决定，即使这些并不符合自己的预期。

亲密关系的保鲜秘诀，其实就两个字：共享。开心要共享，难过要共享，成功要共享，失败也要共享。因为共享，你们正在参与彼此的生活，这才是爱的意义。要不，我们怎么会说"共享天伦之乐"呢。

韭菜：要不要从一场消耗自己的感情里离开？

◇ 遇见一个懂你的人，真的好难，可是这不是凑合的理由，也不是自我牺牲的借口。

◇ 这才是你在爱里该有的样子，大大方方地进，干净利索地退，拿得起，放得下。

西蓝花开了一家"爱情招待所"，在冰箱三层。

那天，来的第 61 个顾客是韭菜。

韭菜剪了一个短发，坐在西蓝花对面，云淡风轻地说："我刚刚结束了一段感情，恭喜我有勇气允许自己离开。"

西蓝花笑了一下。

韭菜接着说："人真该远离'自我牺牲式'的爱情。"

你看，我长一茬，他收割一茬，我再长，他再收割。我可以爱他，但是，我不傻。没有谁理所应当就该爱谁，他没有给我浇水施肥，我爱他什么，镰刀锋利吗？

那天，我开了一朵韭菜花，他说想吃豆腐脑儿，我给他酿韭花酱，撒在豆腐脑儿上。我多宠他啊，你看，这哪是豆腐脑儿，这不是我的"恋爱脑"吗？

韭菜花啊，多美好啊！就因为它没有被像玫瑰那样的刺保护着，就该酿成韭花酱吗？

他吃得很开心，我一点也不自豪，我只是惋惜我的那朵韭菜花，它开在我的生命里，我却亲手摧毁了它，只为了讨好我爱的那个人。跟他在一起，我越来越看不清自己了。

我为他一次一次修改底线，我一点也不开心，这谈的什么恋爱啊。爱不是给人快乐和力量吗？怎么到我手里，爱像是一个吸尘器，一下子把我的精力、激情、开心、骄傲都吸走了呢？

那天，我突然理解了什么叫PUA，就是给你一顿批评。他说："你是韭菜啊，学人家玫瑰开花干什么。"你扎心地疼，他再给你揉一揉伤口："哦，不疼不疼，不哭不哭哈。"欸，神奇吧，好了。好了吗？疼不在他身上啊！

伴侣的意义是什么，不是见证吗？

我开了一朵花，我开心，他夸我好厉害，比我还开心。可是，他开心的，是把韭花酿成酱，拿来蘸豆腐、涮火锅。我像一只糊涂的小蜜蜂，采得百花酿成蜜，为谁辛苦为谁甜？韭菜的宿命，不是炒鸡蛋啊，从来如此，便是对的吗？她可以为喜欢的人，开一朵不一样的花啊！

西蓝花笑着说："你的惊喜应该给懂得的人。"

我读过一首诗，杜甫说："夜雨剪春韭，新炊间黄粱。主称会面难，一举累十觞。十觞亦不醉，感子故意长。明日隔山岳，世事两茫茫。”

即便我知道明天会分开，我依然冒着雨，割来春天的韭菜，做好饭盛情款待你。人生中见这一面，太难得，这一举杯，就是十杯。可是，喝十杯也不醉啊，怕就怕，一醉醒来，你我之间又隔了万重山。

你我都没有轻舟，难渡这万重山。

所以，趁春夜喜雨，把你留下来，促膝长谈。

韭菜说：“遇见一个懂你的人，真的好难，可是这不是凑合的理由，也不是自我牺牲的借口。”

我一个人没关系的，好雨知时节。

杜甫还说：“晓看红湿处，花重锦官城。”这夜漫长，不着急的，等天亮了，那潮湿的泥土上必定布满了红色的花瓣，而我是锦官城里那一朵好看的韭菜花儿。

西蓝花说：“恭喜你，又找回了自己。”

这才是你在爱里该有的样子，大大方方地进，干净利索地退，拿得起，放得下。这一茬爱错了，没关系的，下一茬，不用遗憾，不用后悔，不用焦虑。错过春天的韭菜，是要去秋天开花的。

我的意思是，你大可不必为一场消耗你的感情伤心。心伤了，就不好开了。既往不咎，来日方长。

黄花菜：在一段关系结束前，两个人要不要把问题聊开？

◇ 我给你的爱，最大的诚意就是，我希望下一次你遇见新人，不会因为同一个问题再分开。

◇ 一段关系，最伤人的不是分开，而是不作为。

◇ 我们都在最好的时间，把最好的爱给了对方，教会多少算多少，总好过给一个人留下一身伤痛后转身就走。

西蓝花开了一家"爱情招待所"，在冰箱三层。

那天，来的第 62 个顾客是黄花菜。

西蓝花问："电影结束后，你会等彩蛋吗？"

黄花菜摇摇头说："不会，一般片尾字幕出现那一刻，大家就都站起身，准备往外走。"

西蓝花说："不是大家没有耐心，就算是有彩蛋，又如何呢？"

黄花菜说："万一是给故事的续集做铺垫呢？"

西蓝花说："对，那我们就坐下来，好好谈谈。"

一段关系的结束，不应该由一个人说了算。我们知道感情出了问题，但是问题在哪里呢，你先说，还是我先说？

问题一旦被说出来，就一定有答案。

爱得大大方方，分也要分得明明白白。

你可以逃避我，但是，不要逃避问题。我给你的爱，最大的诚意就是，我希望下一次你遇见新人，不会因为同一个问题再分开。

万一，我是说万一，我们聊开了呢？如同你说的，这个问题，说不定是我们新故事开始的彩蛋呢。我一直觉得，爱上一个新人，没什么了不起，了不起的是，我们继续有了新故事。

哪有什么天生就合拍的两个人，不是菜不好，是你我都有胃口不好的这一天。你不吃，我也不劝你；你走，我也不留你。事要说开了，谁都不要带着一股怨气重新上路。

我特别喜欢一个词——好聚好散。

你想走，要直说，不要敷衍、沉默、叹气、偷偷在心里给我减分，然后让我说分手。我可以说，但是，我要明白我为什么说，我要清楚你要什么。明确地拒绝，直接地讨厌，站在太阳底下，头也不回地分开。

无须为了勉强地安慰我而说含糊的理由，不要给我留一点念想，不然会让我以为还有可能。这段关系，我尽全力了，不纠结、不纠缠、不留恋，该遗憾的不是我。

一段关系，最伤人的不是分开，而是不作为。

我一直觉得，一段关系的美好，不是在于最后一定要在一起，而是解决了两大困惑："种草"和"避雷"。

因为跟某个人在一起，我知道了自己会被什么吸引，这些美好的品质滋养我，让我也有动力去做这样美好的人。

我也知道了要避开什么。

想结束的人，憋着不说，让不想结束的人做选择。好像，他们真的有选择似的。谁也不会拦着谁，为什么不能说清楚呢，我真的很想知道，到底是因为什么而分开的。

遇见，不就是为了互相学习如何去爱吗？

谁也不能一下子就把关系经营好，闻爱有先后，术业有专攻。我们都在最好的时间，把最好的爱给了对方，教会多少算多少，总好过给一个人留下一身伤痛后转身就走。

一段关系，可以不治愈，但是不能伤害啊。

大家都是成年人，都有礼貌，说开了，讲透了，往后的路不能同行，很正常。西红柿炒蛋，有人放糖，有人放盐，都没错！缘分不会勉强两个不合适的人互相折磨，也不会纵容一个人伤了人家就跑。

我接受故事落幕，也请你坐下来，等一等，聊一聊，万一有惊喜呢？是什么阻止我们在一起，你不想知道吗？

我尊重你结束的意愿，你也尊重我想知道真相的意愿，这是我们能为爱，做的最后一件事。好聚，没能把我们留住，没关系，它值得有一个好散。

毛肚：我们是怎么放下一个人的？

◇ 那些折磨你的事，本是一团乱糟糟的情绪，可是，一具体，就有了答案。
◇ 爱意，本就不以你的意志为转移，你没法强迫自己爱上一个人，你也没法强迫自己忘记一个人。
◇ 你想要的生活里，一定站着一个与你志同道合的人。

西蓝花开了一家"爱情招待所"，在冰箱三层。

那天，来的第 63 个顾客是毛肚。

毛肚问："我们是怎么放下一个人的？"

西蓝花说："3 个字，不着急。"

你看，你夹了一块毛肚，啥时候放下，不着急，等火锅沸腾起来。

那天，你遇见他，你好喜欢，好想跟他一起。上天安排的缘分最大嘛。

上天说："不着急，你们先将这一筐菜送到围城里。"

你们俩异口同声，笑着说："没问题。"

是啊，那时你们有满腔的爱意、激情、浪漫，区区一筐菜，区区几十里路而已，这哪是对你们的刁难，这简直是给你们的一场婚前旅行。

走着走着，你渴了，筐里有黄瓜，要不要啃一根？

走着走着，他饿了，筐里有西红柿，要不要充饥？

这一路上，你们会遇见朋友来找你借个葱、姜、蒜，也有陌生人拿走你的油、酱、醋。有时会突然倾盆大雨，你们无处躲藏，有时会因为路线不一致，开始争吵。人在疲惫、烦躁、焦虑的时候，很容易暴露真正的性格。

那天，他走了。

你一个人待在原地，望着筐里快见底的菜，望着遥遥无期的围城，望着已经看不清的来路。

上天说："我给你3个选择。"

第一，重新遇见一个跟你一起抬筐的人。

第二，去把他找回来。

第三，一个人挑着筐，继续往前走。

你看，那些折磨你的事，本是一团乱糟糟的情绪，可是，一具体，就有了答案。你突然懂了上天的意思，此刻，你要放下一点什么。

放下他。

放下过去的情感相处模式。

放下你的初衷。

有些问题，不一定非要答案；有些选择，不一定非要三选一。

那一刻，你看见山野之间有花、有野菜、有果子，你决定暂时先放下对山那边的期待。

你要采花，挖野菜，摘果子，筐很快又满了。

你一个人挑着，确实有点重，但是心里踏实、满足、喜悦，前路漫漫又怎样，你不怕了。以前两个人，光顾着赶路，忘了感受路。

走着走着，你遇见一个如你一般挑着筐的人。

那一刻，你们很惊喜，你把你的红果子给他，他把他的小红花给你。你们有说有笑，一路说着故事。你讲累了，他接着说，谁都不说话的时候，就看夕阳，看星星，看彼此眼里的光。

很快，你们来到围城，抵达的奖励就是一个锅，锅里红油翻滚，清汤沸腾，什么意思？

原来婚姻只提供锅底。

你们能涮什么，完全取决于这一路采集了什么。有人涮小蘑菇，有人涮茼蒿，有人涮豆腐泡，有人涮肥牛卷，也有人两眼望着锅拿不出什么。

回头看，这一路，你放下了什么？

其实不用想，不用总结，不用复盘。

真正放下一个人，不用急。

爱意，本就不以你的意志为转移，你没法强迫自己爱上一个人，你也没法强迫自己忘记一个人。就是好好生活，你想要的生活里，一定站着一个与你志同道合的人。

　　我的意思是，你想吃鱼丸的时候，夹的毛肚，自然就被放下了。

　　此刻你拿起什么往锅里涮的时候，你该知道，有些什么，被彻底放下了，至于放在哪里，不重要了。